TRINDADE

Uma Jornada

Além da Morte

Luiz Gustavo Maduro Pereira

TRINDADE
Uma Jornada Além da Morte

MADRASTEEN

© 2016, Madras Editora Ltda.

Editor:
Wagner Veneziani Costa

Produção:
Equipe Técnica Madras

Capa e Ilustrações:
Luiz Gustavo Maduro Pereira

Revisão:
Ana Paula Luccisano
Neuza Rosa

**Dados Internacionais de Catalogação na Publicação (CIP)
(Câmara Brasileira do Livro, SP, Brasil)**

Pereira, Luiz Gustavo Maduro
  Trindade : uma jornada além da morte / Luiz
Gustavo Maduro Pereira. -- São Paulo : Madras, 2016.

  ISBN 978-85-370-1018-1

  1. Ficção brasileira 2. Ficção fantástica
I. Título.

16-05299   CDD-869.3087

Índices para catálogo sistemático:
1. Ficção fantástica : Literatura brasileira
869.3087

É proibida a reprodução total ou parcial desta obra, de qualquer forma ou por qualquer meio eletrônico, mecânico, inclusive por meio de processos xerográficos, incluindo ainda o uso da internet, sem a permissão expressa da MADRAS Editora, na pessoa de seu editor (Lei nº 9.610, de 19/2/1998).
Madras Teen é um selo da Madras Editora.

Todos os direitos desta edição reservados pela

MADRAS EDITORA LTDA.
Rua Paulo Gonçalves, 88 — Santana
CEP: 02403-020 — São Paulo/SP
Caixa Postal: 12183 — CEP: 02013-970
Tel.: (11) 2281-5555 — Fax: (11) 2959-3090
www.madras.com.br

Agradeço a todos aqueles que me ajudaram a finalizar esta obra, tornando possível a realização de um sonho. Dedico este livro a minha amada esposa Ieda; minha filha Julia Ripley; minha mãe Maria Rosa, que muito me ajudou; meu pai, pelo incentivo; e aos amigos Gabriel e Wilson.

A história deste livro, baseada em termos como vida após a morte, anjos e demônios, é fictícia e fantasiosa, não representando meu ponto de vista religioso ou querendo incitar qualquer tipo de pregação.

"Tenha fé em quem você é!"

Tuna

"Não tema a morte, ela é apenas uma passagem para o pior."

Rato

"Os pedidos que fazemos a Deus encontram-se em nossas mãos."

San Romam

Ciclo de Almas na Trindade

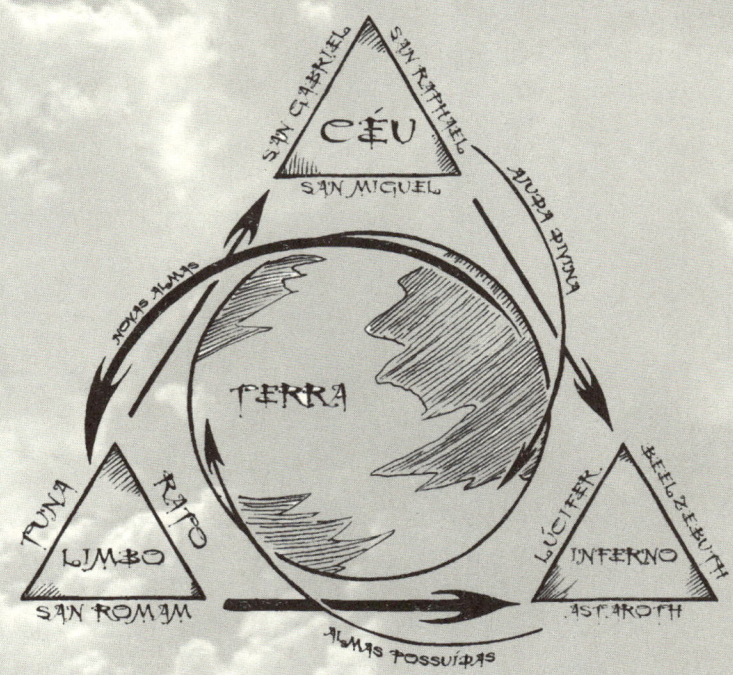

"O anagrama permanecerá intacto, mas o caractere da Terra pode ser alterado, variando para o sistema em questão, observando o fato de que existem incontáveis planetas no Universo, cuja superfície abriga seres vivos."

A respeito dos ensinamentos de Tuna.

"O ciclo jamais será interrompido. O que pode acontecer é que ele seja redirecionado, causando uma grande instabilidade no equilíbrio."

Espírito de Sangue

Prólogo 13
O Limbo 19
A Divergência 21
A Crianção dos Reinos 25
O Início do Fim 29
Determinação 37
A Trindade 41
Debate 47
Destruição 51
O Labirinto 53
Espírito de Sangue 57
Delírios e Devaneios 61
A Torre 69
Explicações 73

O Céu 85
Pânico 87
Pausa 89
A Hierarquia Angelical 95
Prisioneiros 99
San See 113
Desejos Revelados 117

O Inferno 125
Queda 127
A Ordem do Caos 135
A Descoberta de Romam 145
Os Segredos de Rato 151

A Terra 161
O Fim do Céu 163
O Inferno na Terra 165
A Última peça 169

7⊦ ⁊⊖⌇⊃ ⌿⁊⊥ 173

O Princípio 187

Fim 193

Alfabeto Enoquiano 195

O Novo Ciclo 197

Glossário 198

PRÓLOGO

O vento estava tão forte, que Carl Demétrius Reagan, de 46 anos, não podia ver o caminho à sua frente. Ele mal conseguia caminhar. Precisava estender as mãos para a frente e tatear o vazio, como se fosse um cego sem a sua bengala. Tentava enxergar além de dois metros, mas a poeira que o vento carregava chicoteava seu rosto, forçando-o a cerrar seus olhos. Notou que pisava sobre areia seca, como se estivesse em algum tipo de praia ou deserto. Sua gravata estava se agitando violentamente ao vento, presa no colarinho da camisa, indicando a direção do vento. Tentou ficar de costas, mas mesmo assim, o vento mudava de direção, sempre indo ao seu encontro, como se viesse a encará-lo com demonstrada ira.

Onde será que estava? Como ele havia chegado àquele lugar? Carl não se lembrava dos últimos instantes que o fizeram parar ali. Para ele, no momento, o que importava era se livrar daquela situação esquisita e perigosa. As indagações preenchiam sua cabeça, enquanto tentava se proteger daquela tempestade de areia. Olhou para o relógio de ouro em seu pulso, notando que ele havia parado, e viu que marcava exatamente 16h32 do dia 20 de dezembro. Tentava se recordar de como chegara até ali e tudo o que lembrava era de uma pequena discussão com alguém que lhe era bastante familiar.

Naquela hora, por mais difícil que pudesse parecer, o vento aumentou sua intensidade a ponto de fazer Carl se ajoelhar, na tentativa de se agarrar ao chão arenoso. Por alguns minutos tentou se arrastar através do vento, quando, em meio à poeira, algumas pedras maiores atingiram seu corpo. Temendo o pior, ele começou a gritar por socorro, obtendo como resposta apenas o ruído incessante e irritadiço do vento. Começando a enlouquecer, ele se perguntou quando aquela insanidade iria terminar.

Foi nesse momento que os ventos diminuíram e ele pôde perceber uma fraca iluminação à sua frente. Conseguiu abrir mais os olhos e notou que havia um vulto feminino dentro do brilho, que aumentava à medida que chegava mais perto. Conscientemente, sabia que estava começando a perder o controle e teve certeza disso ao ouvir uma voz suave que chamava pelo seu nome. Por um simples segundo, suas esperanças e forças se renovaram. Não estava sozinho. Com a brisa agradável dos ventos, tão diferente da turbulência anterior e ouvindo aquela voz relaxante, conseguiu visualizar por completo a mulher que o chamava. E que mulher!

Mesmo através da poeira dos ventos, ele pôde contemplar uma Deusa de quase dois metros de altura, pele branca, estatura forte e cabelos de um vermelho tão vivo, que somente pôde ser descrito como fogo em fúria. Seus lábios possuíam o mesmo tom de vermelho que os cabelos. Suas vestes eram estranhas e Carl tinha certeza de que nunca havia visto algo assim. Ela usava faixas de pano na cor vermelho-rubro nos braços e nas pernas. Suas botas eram grandes, na cor cinza, e ele não conseguia identificar do que eram feitas. De seu cinturão pendia um pano longo que cobria as partes íntimas junto com os filetes de pano vermelho que ficavam agitados de acordo com os ventos. Seu peitoral era coberto com um pano escuro ressaltando seus seios por um grande decote na roupa. De toda aquela visão, ele conseguiu ver um símbolo na letra "T" que ficava cravado em um medalhão no centro do cinturão.

– Carl Demétrius Reagan – voltou a chamar a misteriosa personagem.

Ele tentou balbuciar alguma coisa, mas foi surpreendido pela descoberta de que a mulher que o chamava não estava tocando o chão! Ela estava flutuando há alguns centímetros do solo! Aturdido, suas esperanças na sanidade haviam se perdido. Sem que pudesse reagir, a mulher se aproximou dele e tocou sua testa suavemente:

– Carl Demétrius Reagan, você está aqui para ser julgado – disse com uma voz calma e doce.

Ele arregalou os olhos, com o medo estampado em sua face. Ao mesmo tempo, a voz dela era hipnótica, fazendo-o relaxar toda aquela tensão que sentia. Ela continuou no mesmo tom calmo, enquanto fazia surgir um livro aberto, sendo sustentado no ar:

– Veremos agora como foi sua vida.

Várias imagens foram se formando ao redor deles. Ele não podia acreditar que aquilo estava acontecendo. Não havia nenhum aparato tecnológico, mas ainda assim as imagens estavam sendo mostradas a ele como se estivesse assistindo a um filme. Apesar da estranha situação, conseguiu entender que aquelas visões faziam parte de sua vida. Algumas o mostravam quando era criança, outras como adulto. Quando as cenas se realinharam, começaram a mostrá-lo como ele era desde a infância e recordava quando se juntava com seus amigos para rivalizar com outro grupo de crianças. Na adolescência, começou a fumar e ele se viu fascinado com a facilidade de ganhar dinheiro vendendo substâncias alucinógenas. As cenas seguintes indicavam que, aos 20 anos, com o dinheiro fácil, a vida era farta e sem misérias. Várias festas eram dadas, nas quais foram consumidas grandes quantidades de entorpecentes, e o sexo era feito sem consideração pelas parceiras. Ele chegou a montar uma pequena empresa de fachada na qual se vendiam antiguidades. Um simples comércio que não chamava atenção, enquanto o lucro das drogas passava por ali por meio de lavagem de dinheiro. A mulher que continuava a flutuar próximo a ele não esboçou a menor reação ao ver as cenas, como se já estivesse acostumada a presenciar esse tipo de situação. Aos 32 anos, as cenas mostravam a Carl o dia em que foi obrigado a se casar com uma garota, grávida de gêmeos. Brigas, traições e decepções eram frequentes no relacionamento forçado em que vivia. Uma grande angústia tomou conta dele e não resistiu em chorar quando se viu esbofeteando os próprios filhos diante de sua mulher, já machucada. Foi justamente em uma dessas brigas que ele saiu de casa, atravessou a rua e viu apenas a frente de um caminhão a poucos centímetros de distância.

Nesse instante, as cenas pararam de ser mostradas e as imagens foram desaparecendo, levadas através dos ventos. Tentando compreender o que estava acontecendo, Carl olhou para a mulher e tentou dizer algo:

– Eu... estou...?

– O tempo para arrependimentos já passou – ela disse com a mesma voz suave e calma. Fechou o livro que estava aberto diante dela e o fez desaparecer misturado ao vento.

– Mas...

– Você deve ir para onde merece.

Havia um olhar de súplica no rosto de Carl, mas era tarde demais. Sob os seus joelhos, o chão começou a rachar e um brilho de origem vermelha começou a surgir entre as rachaduras. Percebendo o que estava acontecendo, tentou se levantar, mas seu pé foi pego por uma mão de aparência velha e enrugada, que se esticava pelas fissuras no chão. Em pânico, ele tentou se desvencilhar, mas outras mãos o puxavam para baixo. Foi quando começou a gritar de dor. Quando já havia sido puxado até a altura de sua cintura, seu corpo começou a ser queimado. Algumas chamas se precipitavam pelas fissuras iluminando o rosto inerte da mulher que apenas observava em silêncio, totalmente indiferente àquela situação.

O fogo ainda crepitava quando Carl foi totalmente arrastado para as profundezas do Inferno. O chão se fechou, voltando ao normal, o silêncio imperou e a mulher, misteriosamente, foi se desfazendo à vontade dos ventos, que agora não passavam de simples brisas suaves.

O Limbo

A DIVERGÊNCIA

Sentado há mais de uma hora no banco do motorista de um táxi, parado numa das avenidas mais movimentadas da cidade, o taxista reclama para seu passageiro no banco de trás:

– Trânsito maldito! Se não fosse aquele jogo, já teríamos chegado!

O passageiro, lendo seu jornal, dá pouca importância ao comentário e resmunga algo suficiente para demonstrar seu desagrado. O motorista insistia:

– Viu o que aconteceu no estádio agora de manhã?

Ele ligou a pequena tevê no painel do carro e sintonizou o canal de notícias. Assim que localizou o que queria, aumentou o volume. O passageiro fechou o jornal e passou a se interessar mais, inclinando-se para a frente a fim de ouvir melhor as notícias:

"*Nesta manhã, no Estádio Central, centenas de pessoas sofreram desmaios, algumas já sem vida, levando a população local a sair para as ruas assustada. No momento ainda não se sabe ao certo o que ocasionou esta fatalidade. Os bombeiros, junto com a Defesa Civil, pedem que as pessoas fiquem calmas e alertas...*"

O passageiro se assustou e perguntou com certa apreensão:

– Quando foi isso?

– Não soube? Não faz nem uma hora. Por isso esse trânsito...

Nesse momento, várias pessoas apareceram correndo entre os carros parados no meio da avenida, no mesmo sentido de direção.

Uma pequena multidão passou ao lado do táxi, fazendo seu passageiro notar o pânico nas ruas. Foi quando ele olhou para trás e viu o fator que havia desencadeado aquele caos.

– Mas o quê? – o motorista tentava entender de onde havia surgido tanta gente correndo.

O passageiro abriu a porta do táxi e saiu correndo com a multidão, deixando o motorista falando sozinho. Assustado e temendo o pior, pôde perceber o que estava acontecendo, mas ainda sem entender direito.

A uma quadra de distância e a três metros acima do teto dos carros, uma fumaça de tom avermelhado, de forma descomunal, se movia como se tivesse vida, seguindo a direção em que as pessoas corriam. Não havia vento, mas mesmo assim aquele estranho fenômeno tomava rumo próprio. A fumaça parecia ser atraída pelas pessoas que caíam sem vida ao seu toque. Chegou a cobrir o táxi por inteiro, fazendo seu motorista falecer sentado no banco do veículo. O passageiro, até então, correndo desesperado e olhando para trás de vez em quando, conseguiu ver um brilho branco saindo das pessoas sendo tocadas pela fumaça, mas só pôde perceber o que era quando ela chegou a atingi-lo.

Tudo não passou de alguns segundos, mas para ele, levou uma eternidade. Os seres humanos nunca imaginam como será realmente a própria morte. Vítimas de acidentes fatais ou assassinadas, não têm tempo para pensar. Malucos e psicopatas a desejam, mas nunca a entendem de fato. Doentes terminais sempre optam pelo uso de drogas que mascaram a verdadeira realidade. Para o passageiro daquele táxi, tudo não passou de uma simples experiência, camuflada pelo terror que passava. Sentiu algo sendo arrancado de seu interior. Tinha a sensação de não estar mais correndo e de que estava mais leve que o ar! Conseguiu se ver caído na avenida, sendo pisoteado por outras pessoas em fuga, sem sentir absolutamente nada.

Depois disso percebeu o que acontecera, ficou em paz consigo mesmo e sua consciência deixou de existir... restando apenas a sensação de vazio e trevas.

***

Em outro lugar, uma Deusa, Tuna, com cabelos cor de fogo e vestes estranhas, olha admirada para o céu do deserto limbial em que se encontra e fica intrigada com o fato que havia ocorrido. Em seu íntimo, sentia que alguma coisa estava errada e que precisava ser corrigida, o mais rápido possível. Sabia que suas forças a abandonavam gradativamente e que aquilo não era um bom sinal.

A CRIAÇÃO DOS REINOS

Desde os primórdios dos tempos, antes de existir um planeta chamado Terra, antes mesmo de existir um Universo, Deus havia criado os seres angelicais em seu Reino dos Céus: os anjos. Cada um representava cada raça entre as mais variadas existentes no Universo que Ele mesmo criaria. Eram as criaturas mais próximas a Ele; O ajudavam em qualquer tarefa que lhes era ordenada. Não possuindo muito livre-arbítrio, eles se orgulhavam em servi-Lo e nada questionavam quanto às ordens. Eles possuíam a aparência humanoide, com exceção das asas e suas auréolas (ou halos) que definiam o grau de ascensão da sociedade angelical. Eram todos bondosos, sempre defendendo a honra e a justiça em nome Dele. Povoavam o Reino dos Céus, um lugar onde a luz era abundante, as nuvens ficam sob seus pés e os ventos eram na temperatura necessária para ficar confortável. Havia muitas construções formadas com um simples pensamento. Todas elas eram construídas a partir de cristais reluzentes, material predominante do Reino. Era um local totalmente isento de ódio, uma vez que ali não existia preconceito, inveja ou qualquer tipo de rivalidade. O bem comum era estimulado entre os anjos, de forma que todos sabiam que, unificados, teriam uma paz duradoura e infinita. Os anjos eram assim porque Deus assim os queria.

Para transmitir ensinamentos entre eles, foram usadas as primeiras inscrições chamadas, milênios depois, de escritas enoquianas, a primeira forma de escrita conhecida no Universo. Seu alfabeto era composto de antigas runas e, na maior parte das vezes, usadas para magias de conhecimento e sabedoria.

Os anjos viviam em paz e harmonia uns com os outros. Eles foram criados para auxiliar Deus em suas diversas tarefas. A partir dessas criações, surgiu algo que não era planejado, mas já esperado. Nunca existirá algo sem que sua sombra também seja projetada. E, dessa forma, foram criados os demônios. A antítese dos anjos. Seres com a mesma qualidade e formação dos anjos, mas com a essência totalmente invertida. Eram anjos de asas negras. Seus semblantes podiam ser confundidos com os dos anjos criados por Deus. Ódio e perversidade eram os combustíveis necessários para mantê-los vivos e ardentes. Não tinham nenhum respeito pelos outros ou por eles mesmos.

Era um mal necessário e inevitável, mas nunca bem-vindo. Não demorou muito para que a primeira Guerra nos Céus ocorresse. Assim que o primeiro demônio, Lúcifer, matou um anjo, Deus ficou furioso. Criou um lugar que era o inverso do Céu: o Inferno. No mais profundo e escuro abismo subterrâneo, Ele criou uma imensa caverna, com dezenas de níveis e corredores, cheios de amargura e pesadelo. E foi para lá que Ele baniu todos os anjos negros. Confinando-os, Ele jamais permitiu que algum deles saísse do Inferno, tornando aquele local a maior e a mais antiga das prisões.

Após a guerra, os anjos passaram a usar a escrita enoquiana para magias de defesa e ataque, distorcendo a finalidade para a qual as runas haviam sido criadas. Foram formuladas magias de transmutação, de transporte, de persuasão, e outras ainda, de morte a entidades angelicais ou demoníacas.

Entretanto, apesar disso, Ele estava satisfeito e prosseguiu com o planejado. Criou diversos mundos, ricos em seres vivos, cada qual com sua evolução, uma quantidade incalculável de espécies e raças, e ainda estabeleceu seus Dez Mandamentos a todo tipo de espécie que possuía um mínimo de inteligência. Apesar dos seus avisos, havia seres que ainda o desafiavam. Ele não gostava que tais seres acabassem ao seu lado no Reino dos Céus. Foi então que ele criou um terceiro plano existencial: o Limbo.

O Limbo nada mais era do que um espaço infinito de areia seca, formando um deserto árido interminável, para onde todas as almas iam quando se separavam de seus corpos mortais. Era nesse lugar, nesse vazio, que elas esperariam pelo dia de seu julgamento. Céu ou Inferno. Era um local triste e desolador onde apenas um ser gostava de ficar. Deus a designou para a finalidade de ser a guardiã desse local. Essa "anfitriã", essa Deusa, se chamava Tuna. A ela foi concebido o dom do julgamento sábio, o poder transcendental de abrir portais dimensionais e um grande senso de responsabilidade.

Tuna adorava seu trabalho. Ela sabia, instintivamente, quem era cada criatura consciente no Universo, sabia de suas culpas, suas alegrias e suas contribuições para com a sociedade, respectivamente. Era uma grande tarefa, a qual considerava uma honra. Gostava do Limbo como ele era, conseguia ver uma beleza no ambiente seco do deserto que ninguém mais enxergava, desde um minúsculo grão de areia até as grandes rochas, cujas pontas afiadas apontavam para o céu cinza-azulado, formadas pelos ventos incessantes do deserto. Ela amava tudo que compunha aquele mar de areia. Ali era o seu lar. E, somente ela, podia decidir quem iria para o Céu ou para o Inferno.

Estabelecidos os parâmetros entre Céu, Inferno e Limbo, Deus criou o planeta Terra. Sua maior criação. O toque genial da formação do Sistema Solar foi perfeito para que concluísse sua obra mais divina. Se o planeta fosse mais próximo do Sol, a vida ali não seria possível. Se fosse um pouco mais longe, não teria o clima necessário e adequado para a sobrevivência da espécie. Satisfeito com o lugar, povoou sua superfície com diversas espécies de animais e escolheu uma delas para presentear com o dom supremo da inteligência e livre-arbítrio, fazendo-a a espécie dominante sobre o planeta. A antropogênese se iniciou com os primeiros primatas Australopitecos há 250 mil anos. Desde então, gradativamente a humanidade prosperou e se desenvolveu cada vez mais, se tornando evoluída e promissora. Infelizmente, na mesma proporção, iras e desavenças começaram a se intensificar entre os seres. O paradigma permanecia: *Nunca existirá algo sem que sua sombra também seja projetada.*

Com um fio de esperança na humanidade, Ele lançou seu único filho para lhes mostrar a verdade e livrá-los de todo o mal. E o que fizeram com Ele foi tão cruel e lastimável que decidiu jamais interferir no plano terrestre novamente. Daquela época em diante, Ele apenas ficou observando e permaneceu assim até os dias de hoje.

O INÍCIO DO FIM

Não fazia muito tempo que Tuna havia percebido aquela anomalia que surgira no horizonte do deserto do Limbo. Uma grande Tempestade tinha se formado com raios e trovões, engolindo tudo que encontrava pelo caminho. Apesar da distância, a Tormenta se fazia ouvir buscando apenas destruição. Nunca, em sua existência, ela havia visto algo assim em seu Reino. A forte anomalia devastava as poucas montanhas que o Limbo possuía, e já havia desaparecido com a Grande Região das Rochas Sylers, local onde foram concedidos a Tuna seus grandes poderes há milênios. Sentiu uma enorme sensação de perda, seguida de muita raiva pelo que estava acontecendo. Mesmo não sabendo o que era aquilo, entendia que a estava afetando consequentemente, deixando-a cada vez mais fraca.

Percebeu também que o fluxo de almas humanas que ela mantinha havia parado completamente. Em geral ela julgava almas de tempos em tempos, uma vez contando que, nos grandes Reinos já mencionados, o tempo é algo bem relativo em comparação ao plano terrestre. Mas perder a energia que ganhava de cada alma julgada era algo inconcebível para ela. Sem isso, seus poderes definhavam, e ia ficando cada vez mais esgotada. E, com o tempo, ela iria desaparecer, junto com seu Reino. Era isso que a Tempestade estava fazendo. E, sem as almas, o Céu e o Inferno passariam a ser destruídos assim como o Limbo. Os três Reinos estavam interligados. Algo ou alguma coisa desencadeou uma reação em cadeia que não havia como impedir.

E como ao menos tentar se não sabia por onde começar? Para onde estavam indo as almas que por direito deveriam passar por ela? O que era aquela Tormenta? Sua cabeça se enchia de perguntas. O que mais a irritava era a ignorância dos acontecimentos, o que para uma Deusa era imperdoável, mas sabia ao que recorrer.

Fez surgir um grande e antigo livro, flutuando à sua frente. Usou as forças do vento para abri-lo, folheou algumas páginas, mas não conseguiu encontrar o que queria. Era o Livro do Limbo, no qual todas as almas estavam marcadas, todos os registros de todos os seres do Universo que por lá passaram. Nenhuma alma que passou pelo seu julgamento ficava alheia a esse registro. Gerações inteiras estavam marcadas desde o dia em que o homem passou a ter o hábito da linguagem. Linhagens há muito tempo esquecidas pela humanidade, mas não esquecidas pela Rainha do Limbo.

"Conhecimento ilimitado superado somente por Deus"

Assim estava escrito nas páginas iniciais do livro. Ali continha todo o seu conhecimento e ensinamentos que um dia esperava transmitir a outro ser qualificado. Mas sobre aquela anomalia em questão, nem uma nota de rodapé. Sem conseguir encontrar o que buscava, Tuna o fez sumir, carregado pelos ventos. Aquele era um tesouro inestimável para ela. Precisava guardá-lo em segredo e a salvo de qualquer alma conhecida ou qualquer aberração que um dia viesse a ameaçar o Limbo. Como era o caso no momento.

Sem tempo a perder, estendeu suas mãos e, fazendo movimentos circulares, abriu um portal de energia luminosa. Tuna era uma Deusa com grandes poderes, com talento nato para realizar os julgamentos necessários, mas, ainda assim, conseguiu controlar o dom de manipular qualquer tipo de portal dimensional. Ela havia se tornado uma grande mestra nisso. Assim que passou pelo portal, ela se viu em outra parte do Limbo. O local era formado por várias pedras pontiagudas apontando para o alto, colocadas ali de forma a completar um círculo em volta de uma pedra central retangular no formato de uma mesa esculpida da rocha. De todos os locais do Limbo, Tuna gostava daquele pequeno santuário. Algumas peças de pedra em formato de tronos rodeavam a grande mesa. Era uma construção aberta em que o vento e a energia ainda imperavam e, ao longe, podia se ver a Tempestade destruindo o cenário com sua fúria avassaladora.

Como não sabia quanto tempo tinha, resolveu ignorar certos costumes e rituais a fim de acelerar o processo de comunicação com os outros Reinos. Algumas daquelas regras eram essenciais, algumas mera cortesia, mas outras para sua própria proteção. Sentou-se na cabeceira da mesa, em que se localizava o maior trono e esperou. Sem demorar muito, uma luz branca se formou no trono à sua direita. A magia daquele lugar fazia com que as comunicações ficassem mais fáceis. Tuna, com o reflexo do brilho em sua face, virou para o seu lado e assim que o fenômeno se tornou fogo branco, falou com firmeza:

– Preciso de ajuda.

O fogo que agora preenchia o trono de pedra disse com voz clara e suave:

– Tuna, a Rainha que foi criada...

– Não tenho tempo para bajulações.

– Vejo que um grande mal foi libertado. Como a Deusa do Limbo, somente você pode restabelecer o equilíbrio. Esta é sua função. O seu propósito. O seu *teste*.

Tuna se levanta de seu trono e caminha ao redor da mesa indo em direção contrária ao espectro branco que conversava com ela. O fogo se estendia bem alto, sendo ajudado pelos ventos do Limbo. Tuna continuou:

– Nunca vi nada assim antes. Preciso de ajuda.

– Você não pode deixar que este mal continue. Os Reinos estão começando a ser devastados e brevemente serão extintos.

Tuna olha para ele e começa a sentir certa angústia quando teme ouvir o que já esperava. Ele disse:

– Você já percebeu. Já começou.

– Começou?

– O início do fim.

Tuna, sentindo aperto em seu coração, correu para Ele e se ajoelhou diante daquele fogo branco:

– Cada vez mais estou me sentindo fraca. Não conseguirei sozinha. Eu... preciso de ajuda!

O brilho do espectro diminuiu, indicando mais complacência diante da posição de Tuna. Apesar de não ter um rosto ou possuir forma física, Ele sabia como se fazer entender quando queria. Decidiu:

– Enviarei um representante digno de meu Reino. No momento certo, enviarei toda minha legião para ajudá-la. É tudo o que posso fazer por enquanto.

Tuna olha para cima e encara o espectro:

– Quer dizer...

– Tuna, você foi criada para isto. Restabeleça o equilíbrio. Este é o seu teste. Seja vitoriosa e será recompensada. Falhe, e será o fim de tudo.

Tuna se levanta e, meio despontada, disse demonstrando certa rebeldia na voz:

– Não sei nem por onde começo! Se for apenas isso, precisarei de mais ajuda do que você possa me oferecer!

Nesse momento, o fogo aumenta sua intensidade a tal ponto de arremessar Tuna a alguns metros de distância. Mesmo com o choque de seu corpo com uma das colunas de pedra, Tuna rapidamente se recompôs e se colocou em posição de luta, embora sabendo que o era impossível ganhar de seu adversário. O espectro, ao perceber a força de vontade de Tuna, se encheu de orgulho de sua criação e diminuiu sua intensidade, abrandando mais o fogo:

– Tuna, você é perfeita. Você saberá o que fazer. Mas tome cuidado em suas decisões. Sem você perceber, elas podem causar mais danos do que a Tormenta do Fim que se desencadeia nos Reinos.

Percebendo que o brilho diminuía cada vez mais, Tuna relaxou o corpo e se aproximou mais do trono em que Ele estava.

– Cuidado – dizia o brilho enquanto desaparecia nos ventos áridos do deserto. – Muito cuidado...

Novamente sozinha em seu pequeno santuário, Tuna tentou recuperar o fôlego do golpe que a atingira. Fazia tempo que não participava de uma luta. Ainda mais uma da qual sabia que o final era inevitável. Começou a sentir uma parte de si faltando e olhou para o horizonte por meio das pilastras de pedra que formavam o santuário. Viu que a Tempestade, a "Tormenta do Fim", tinha atingido uma região que era um de seus locais prediletos. Um lugar sagrado onde ela mantinha algumas almas especiais cujas presenças formavam um pequeno recanto no meio do deserto. Observando suas próprias mãos, sentia que suas energias estavam se esvaindo conforme a anomalia consumia o Limbo.

Percebeu que havia outra coisa a se fazer. Sabia que teria nojo e náuseas, mas tinha de passar por isso. Precisava de toda e qualquer ajuda. Sentou-se novamente no trono da cabeceira da mesa de pedra e esperou. Instintivamente, era assim que conseguia contato com os outros Reinos. O poder daquele local era direcionado de acordo com a vontade de sua Deusa. E, naquele momento, o convidado que estava solicitando não era uma opção agradável. Foi nessa hora que, apesar do toque da brisa fria e suave do clima do Limbo, começou a sentir um enorme calor, vindo do trono vazio à sua esquerda. Rapidamente um espectro de fogo, dessa vez em tons vermelhos e de uma crepitação mais violenta, começou a tomar conta do objeto de pedra. Tuna, já suando, teve até que se segurar na borda da mesa para não fraquejar. Com a voz grossa e estrondeante, o espectro, já formado por completo, disse:

– Simples e sem proteções foi o seu chamado. Qual o prazer da sua urgência?

– Não tenho tempo para fazer pentagramas inúteis! Hipócrita, você já sabe o que está acontecendo!

O fogo atingiu uma altura maior que o trono em que se encontrava. Por um momento, ficou em silêncio, mas por fim disse:

– Sim... de um jeito ou de outro nós sempre sabemos quando algo está errado. O que pretende com isso?

– A culpa não é minha, seu idiota! Se você não quer ver seu Reino desmoronar, vai ter que me ajudar!

O espectro infernal se agitou furiosamente lançando algumas fagulhas sobre a mesa de pedra. Ele não está acostumado a ser ameaçado. Muito menos intimado por uma mulher. Apesar disso, começou a sorrir ironicamente por entre as chamas. Ele sabia que Tuna estava morrendo, mas como tudo nos grandes Reinos, isso tinha um alto preço a se pagar.

Tuna percebeu a hesitação de seu oponente e continuou no mesmo tom firme:

– Se eu cair, você também cairá!

– E o outro lado também!

– Então é isso? Prefere deixar de existir para que o outro Reino desapareça?

O espectro flamejante a fita silenciosamente. Sabe que ela tem razão. Mas a ideia de acabar com os seus eternos inimigos era demais para ele. Não podia deixar escapar essa chance. Por milênios, desde a Grande Guerra nos Céus, anjos e demônios travam sua batalha no plano terrestre, na maioria das vezes possuindo diversas almas, uma vez explicado que os demônios ficam presos no Inferno. É preciso se manifestar em corpos mortais para que causem algum dano ao plano celestial. Grandes homens como Adolf Hitler, Jack, o estripador, Al Capone, Rei Ricardo, Coração de Leão, entre outros, eram apenas simples marionetes, cujos atos faziam aumentar os exércitos malditos.

Tuna se levantou do trono, mas não se aproximou dele. O calor e o cheiro fétido de enxofre a impediam. Ela sabia que o próprio demônio jamais a ajudaria, mas precisava dar um bom motivo para fazê-lo mudar de ideia. Resolveu circular a mesa e, mais confiante, tentando ganhar sua simpatia, explicou a situação:

– Sei que é uma boa oportunidade para você, mas lembre e por que nós existimos: equilíbrio. Somos uma Trindade. Muitos Universos dependem de nós, inclusive nossos próprios mundos. Se você deixar como está, nenhum dos lados vencerá essa eterna guerra que vocês travam. Precisamos nos unir porque, um dia, você terá uma chance de aniquilar todos eles!

O silêncio imperou na sala. Apenas o som do vento se fazia ouvir. De repente, Tuna quase ficou surda ao ouvir a grossa gargalhada rompendo o silêncio:

– Quanta bajulação! Deve estar mesmo desesperada! Por um lado você tem razão... mas por outro, veja bem: não posso deixar meu Reino. Sou prisioneiro aqui. Talvez por esse motivo eu já esteja cansado de tudo isso! Talvez eu prefira que tudo seja apenas resquício de uma lembrança há muito esquecida.

– Era de se esperar, vindo de alguém como você! Só que eu não irei desistir! Vou manter esse equilíbrio a qualquer custo!

O espectro do inferno diminui, indicando que ele está se retirando da presença de Tuna em meio a gargalhadas:

– Pode se destruir, se quiser! Se depender de mim, o fim será esse!

Assim que o espírito desapareceu por completo, Tuna levantou os braços fazendo com que os ventos levassem para longe aquele clima pesado de calor e náuseas. Quando começou a se sentir melhor, baixou a cabeça e disse para si mesma:

– Maldito demônio!

DETERMINAÇÃO

Uma Deusa quase sem poderes. Era assim que Tuna se sentia. Quase humana. Ela se encostou em uma de suas colunas frias de pedra que formavam o santuário. Contemplando o horizonte, a nova paisagem que a Tempestade deixava era assustadora, pois não havia nada a se olhar. Não restava mais nada. Um enorme vazio negro tomava conta do Limbo, como se um gigantesco pincel mergulhado em nanquim estivesse pintando o cenário. Não suportando a angústia, deixou-se cair em prantos. A areia seca do deserto engoliu as lágrimas de sua Rainha como se entendesse o sofrimento dela. Não sabia o que fazer para impedir o que estava por vir. Tentando afastar a visão da Tempestade de sua mente, olhou para o lado oposto onde uma parte do Limbo ainda estava intacta.

Ao longe, conseguiu avistar um dos animais do mundo de Vermessa. No Limbo, as almas dos animais são diferentes. Elas se baseiam no instinto primitivo, isentas de livre-arbítrio. Nenhuma dessas almas vai para o Inferno, mas também nem todas vão para o Céu. Os Guanishes, assim como são chamados em Vermessa, são animais domesticados, capazes de voar e ajudar os vermessianos em qualquer tarefa. Têm o formato de pequeno dragão e sua cabeça era cheia de espinhos. Suas asas tinham de três a quatro metros de diâmetro e sua pele era negra como a de uma pantera terrestre.

Tuna se aproximou do animal e o afagou. Sentiu que estava amedrontado e imaginou que ele sabia o que estava por vir. Sem pensar, Tuna o montou e fez um sinal para que levantasse voo. Ela não precisa de um animal para isso, pois utilizava a força dos ventos ou um de seus portais, mas queria tranquilizar aquela alma atormentada, fazendo-a esquecer do provável destino.

    Em pleno voo, ela abriu os braços e sentiu o vento agradável das alturas. Ambos fecharam os olhos, como se estivessem em transe. O ser alado aproveitou o momento e apenas planou, como se estivesse parado no ar. Ela e o pequeno animal eram um só. Uma ocasião especial que os fazia, momentaneamente, esquecer os problemas e curtir os prazeres básicos da vida. Naquele momento mágico, ambos não perceberam que estavam próximos da Tempestade e só puderam notar quando ouviram um raio cortar os céus do deserto. Os dois gritaram de terror e mergulharam para descer rapidamente na tentativa de se afastarem daquela fúria que consumia o Reino. A alma do dragão ficou tão desesperada que arremessou Tuna para longe. Ela, por um segundo, não entendera, mas em queda pôde ver o dragão sendo desintegrado por completo por um dos raios da Tempestade. Em queda livre, ela sentiu a dor e a agonia da alma do Guanishe sendo dilacerada, como se fosse sua própria alma. Pensando rápido, abriu um portal abaixo dela, passando pela fenda energética, indo parar dentro de seu santuário, longe dali. Apesar de o portal ter segurado um pouco a sua queda, ela ainda se chocou violentamente no chão rochoso. Do jeito que parou, ficou. No silêncio do santuário, Tuna sentiu-se angustiada. Várias lágrimas caíram, não pela queda que sofrera, mas pela lembrança da alma do pobre Guanishe que a salvou do terrível destino. Passado algum tempo, ela levou os dedos aos lábios e notou que estavam úmidos. Sangue! Jamais em sua existência havia sentido aquilo! Olhando admirada seu próprio sangue e, ao mesmo tempo, se lembrando da alma do Guanishe, ela reuniu todas as suas forças e se levantou. Autopiedade é para os fracos. Ela é uma Deusa guerreira e nunca tinha fugido de uma luta! Fechou o punho manchado de sangue e disse em voz alta, como se os Reinos pudessem ouvi-la:

– Não vou desistir!

Como resposta a isso, ao longe, a Tempestade aumenta sua fúria, como se a entendesse. Ela sabia exatamente o que fazer. Havia tido uma ideia muito desesperadora para começar. Não seria nada fácil, mas situações extremas requerem medidas extremas. Estava muito feliz de, pelo menos, ter encontrado alguma solução. E foi nesse momento que ouviu uma voz próxima a ela.

A TRINDADE

– Você é a quem chamam de Tuna?
Ela se volta para a origem da voz e fecha os olhos diante da luz dourada que havia se formado. Quando os olhos se acostumaram com a claridade, ela pôde ver um rapaz alto, quase da altura dela, com enormes asas acinzentadas em suas costas. Vestia uma grande armadura prateada moldando o seu tórax com detalhes em escamas. Nos braços, braceletes de ouro serviam como um pequeno escudo. Poucos centímetros acima de seus longos cabelos dourados, uma aura de energia em formato de círculo girava rapidamente, indicando a alta hierarquia daquele anjo. Ela sabia como eram os anjos do Céu, mas nunca tinha visto um daquela patente.

– Por favor, você é a quem chamam de Tuna? – perguntou novamente o anjo.

– Você é?...

– Meu nome é San Romam. Fui enviado pelo grande Arcanjo San Miguel para ajudar em sua busca.

Tuna nada disse. Circulou o anjo, medindo-o de cima a baixo. Parou em sua frente e olhou dentro de seus olhos. Tentando enxergar sua alma, Tuna pôde ver apenas uma pequena lembrança antiga que muito marcava sua personalidade.

– Esta lembrança que você tem. O que quer dizer?

San Romam recuou um pouco, mas logo compreendeu:

– De fato, você é a grande Deusa Tuna. Os anjos não possuem a alma dentro de seus corpos físicos imortais. Elas ficam ao lado do Nosso Senhor Todo-Poderoso.

– Não respondeu a minha pergunta.

– Sim, desculpe. Guardo esta única lembrança para me lembrar de alguma coisa alegre quando estiver em momentos difíceis. O que você viu foi o meu pai me treinando para a grande Guerra.

– Seu pai?

– Sim, um dos grandes Serafins, o Arcanjo San Miguel, abaixo apenas Dele.

Ela se senta em seu trono, com visível abatimento e diz:

– Sinto pela desconfiança. Você é bem-vindo aqui. Precisarei de toda a ajuda possível.

San Romam olha a Tempestade no horizonte. Reconhece na mesma hora:

– Esta é a anomalia que está afetando nossos Reinos. Ela também já está no Reino dos Céus, embora não tão forte como aqui. Assim que fui informado da minha missão, vim o mais rápido que pude. Se depender de mim, jamais permitirei a destruição dos Reinos!

– "Tormenta do Fim" foi como Ele a designou. A cada minuto que passa ela me deixa mais fraca. A interrupção das almas humanas me afetou muito.

O anjo se aproxima do trono em que ela está e se ajoelha diante dela:

– Farei o possível para ajudá-la. Pode confiar em mim!

– Agradeço. Mas somente nós dois não seremos suficientes para onde iremos.

– Você sabe o que está acontecendo? Como parar isso?

– Também quero saber – dizia uma voz atrás de uma das colunas de pedra do santuário.

Por detrás das colossais pilastras formadas pelos ventos limbiais, surge um homem de estatura baixa, com aproximadamente 45 anos, cabelos lisos e castanhos jogados na testa. Vestia um longo sobretudo preto que chegava até os sapatos, devidamente engraxados. Não parecia alguma ameaça, mas um frio percorreu a espinha do anjo. San Romam e Tuna se levantaram na mesma hora por causa da surpresa e encararam o estranho tentando entender de onde ele veio. Ela não suportou a invasão ousada daquela pequena alma:

– Quem é você? Como chegou aqui?

O homem desconhecido ajeita o casaco e cruza os braços mostrando que está com frio diante dos ventos que assolavam o interior do santuário. Ele se aproxima da dupla que ainda estava surpresa por vê-lo. San Roman, tentando proteger a Deusa do Limbo, se interpôs na frente dele:

– Pare aí mesmo! Identifique-se!

O estranho sorri e apesar da grande diferença de altura entre os dois, ele consegue tocar a testa do anjo com o dedo indicador. No toque, uma pequena fumaça começa a surgir, indicando que a pele do anjo está sendo queimada. Imediatamente, San Romam o afasta e cobre a testa com uma das mãos. O instante da queimadura que sentiu foi o suficiente para o anjo perceber de onde ele vinha. O homem, com um brilho vermelho no olhar, diz:

– Adivinha...

San Romam fica furioso e sem misericórdia parte para cima do pequeno homem. O desconhecido se move rapidamente desviando o golpe do anjo, fazendo-o cair no chão. Aproveitando a queda, o guerreiro celestial aplica uma rasteira no homem, que pego de surpresa vem também ao chão. Ambos começaram a se esmurrar no solo arenoso do Santuário, tanto que saía fumaça da briga entre os dois. De repente, os dois foram separados erguidos no ar por uma força invisível que não compreendiam:

– Terminaram? – perguntou Tuna com calma. Seus braços estavam levantados, manipulando os fortes ventos que os erguiam. Continuou:

– Eu pedi ajuda do lado obscuro. Apesar de se odiarem, precisaremos do apoio um do outro!

Diminuindo os ventos, ela os devolve para o chão e se aproxima de San Romam. Toca-lhe a face suja de sangue, mas o anjo a reprime:

– Você confiaria num maldito demônio? O maior prazer deles é ver o Reino dos Céus nas chamas da perdição! Jamais irei trabalhar com um verme destes!

Atrás dos dois, o pequeno homem se recupera da breve luta, limpando o sangue da boca e se defende:

– Olhe quem fala! Quem é você para dizer isso? Há milênios que os anjos formam os pilares do Inferno. Se vocês não tivessem sido criados, o Inferno jamais existiria!

Tuna olha admirado para ele. Ela sabia como eram os demônios, e aquele ali não se parecia com nenhum que havia conhecido. Apesar de não gostar muito deles, sabia que ele seria necessário para onde ela estava pretendendo ir. Aproximou-se do homem e o olhou diretamente nos olhos, tentando enxergar algum vestígio de alguma alma. Sem sucesso, ela perguntou com curiosidade:

– Quem é você? Com certeza não é um demônio qualquer.

O estranho homem coloca as duas mãos no bolso e se apresenta:

– Sou chamado de Rato. Apesar do título, tenho grande reputação em meu Reino. Fui enviado pelo meu superior para ajudar em sua busca. Só não sabia que teríamos um pequeno pluminha com você!

Romam não deu atenção à provocação, mas continuou em pose de desafio, tentando encontrar um meio de expulsá-lo. Instintivamente ele sabia a natureza contraditória em relação aos anjos. Os demônios eram exatamente iguais a eles. Com o passar dos tempos, eles abdicaram de sua forma angelical e buscaram anatomias mais fortes nas profundezas abissais da eterna prisão em que se encontravam.

– Você não tem a aparência de um demônio – diz Tuna apontando o dedo para ele, acusando-o. Rato lança um olhar sério para ela:

– Não me subestime. Somos mais fortes quando ocupamos um corpo mortal.

– O Inferno é uma prisão para os demônios. Como saiu de lá?

– Nós só podemos sair pela possessão demoníaca sob o corpo de um ser humano.

— Ele não é nada, se quer saber — San Romam estava furioso. Sua auréola energética emanava uma energia intensa toda vez que se sentia assim.

— Eu só quero saber é de mijar na sua cara depois que eu a escorraçar com o meu punho!

— Você pode tentar!

Rato e San Romam já iam iniciar uma nova briga quando Tuna se colocou entre os dois:

— Basta! Eu não os chamei aqui para que vocês se destruam! Se o que está acontecendo continuar, nenhum de nós estará aqui! Temos de nos unir! A Tempestade está se aproximando e, quando chegar, já terá destruído tudo que conhecemos!

Rato se afasta e olha a Tormenta pela primeira vez. Ele já havia passado por muita coisa, mas nunca tinha vista aquilo antes. Por fim, disse:

— Fui enviado aqui pelo meu superior, mas não significa que a ajudarei. Não estou interessado nos Reinos!

Tuna não se controlou e o levantou pelo casaco:

— Se o Maldito o mandou para me ajudar, é exatamente isso que fará!

Rato a olhou nos olhos e viu que ela estava falando sério. Sabia sobre seu incrível poder e sua genialidade, apesar de estar perdendo as forças em razão da anomalia tempestuosa. Ele não disse nada, mas esboçou um leve sorriso. San Romam, vendo Tuna com Rato, entendeu que ela queria aquele pequeno demônio em sua jornada. Mas não significava que viraria as costas para ele:

— Eu jamais irei confiar em um demônio.

Tuna solta Rato e, olhando sério para Romam, diz:

— Eu não confio em nenhum dos dois. Mas se quisermos continuar existindo e manter a integridade de nossos Reinos, não temos muitas opções.

DEBATE

Tuna convidou-os a se sentar ao redor da grande mesa de pedra. Não indicou os lugares, pois queria conhecer melhor aquelas pessoas. Ficou muito apreensiva quando Rato se adiantou e sentou-se no trono da esquerda, assim como o anjo sentou-se no da direita. Exatamente os respectivos lugares onde apareceram os espectros anteriormente. Acomodados, ela movimentou as mãos e fez diminuir os ventos. Começou:

– Agradeço a ambos por estarem aqui. Quando pedi a ajuda dos Reinos, não senti tanto entusiasmo por parte deles. Espero que possa contar com vocês, caso contrário não poderemos ir muito longe.

– Sabe o que está acontecendo? – perguntou o anjo.

– Eu não sei exatamente o que está acontecendo. Tudo o que sei é que o fluxo de almas humanas não está mais vindo até o Limbo. E sem poder julgá-las, o Céu e o Inferno ficarão fracos, sendo levados à própria destruição. É o fim do Equilíbrio Universal como o conhecemos.

Tuna olha pelas colunas de pedras e sente seu poder diminuindo. Rato e San Romam a olham em silêncio. Ela fecha os olhos na vã tentativa de impedir as lágrimas de caírem. Jamais poderia demonstrar fraquezas diante de estranhos, muito menos seres representantes de cada Reino. Para afastar tais pensamentos, ela continua:

– Sinto uma grande barreira impedindo que eu chegue até as almas. Algum poder ou alguma coisa interrompeu o fluxo, causando instabilidade neste equilíbrio. Precisamos saber o que é isso, o que causou e como pará-lo. Precisamos saber com o que estamos lidando!

— Se você não sabe, muito menos eu — disse Rato —, mas eu tenho uma dúvida: se o Universo todo está ameaçado, por que seu precioso Deus não faz alguma coisa?

Tuna olhou para ele com certo ódio. Sabia que Rato ia ser um problema:

— Ele enviou somente San Romam. Ele não quer se envolver mais do que isso. Passou esta tarefa a mim. Foi melhor do que o seu mestre, que não queria enviar ninguém! Ao que parece, ele mudou de ideia. E forçosamente.

Rato ficou em silêncio. Não queria revelar o real motivo de estar ali por enquanto. San Romam disse:

— Eu tentei chamar mais anjos, companheiros de Guerra, mas o grande Arcanjo não permitiu.

— Tenho certeza de que Ele enviará mais ajuda quando for necessário — respondeu Tuna sem muito ânimo.

Rato, indignado, reclamou:

— Ele não quer ajudar! Que se foda! Se fosse você, confiaria mais em mim mesmo do que nos outros!

— O que você sabe? Ninguém é honrado o suficiente para conhecer Seus misteriosos desígnios! — San Romam começa a falar alto e se levanta. Rato também fica com raiva:

— Não me venha com essa! Isso é papo de padre tarado para convencer coroinha!

Uma grande lufada de vento faz os dois se calarem e se sentarem novamente. Tuna tentava falar calmamente:

— Tenho que ficar sempre entre vocês dois? É sobre esse tipo de coisa que venho tentando alertar vocês. Em outras situações, se isso vier a ocorrer novamente, poderemos não ter outra chance! Enfrentaremos forças superiores a nós! Todos aqui sabem que o Céu e o Inferno possuem suas próprias trindades! Temos que formar a nossa! E essas brigas infantis de vocês só enfraquecem o nosso elo!

Rato e San Romam se olham com raiva, mas ambos percebem que Tuna tem razão. Eles teriam de colocar o orgulho de lado e ignorar milênios de rivalidade que tanto os aproximavam. Lutar juntos, lado a lado, era algo que eles jamais imaginariam fazer. San Romam desvia seu olhar para Tuna e pergunta:

– O que acha que podemos fazer para ajudar? Sabe por onde começar?

– Não sabemos o que está causando isso, mas posso conhecer alguém que sabe. Ele está preso aqui no Limbo e o chamo de Espírito de Sangue. É uma antiga alma perversa que quando na Terra, em vida, era um grande alquimista. Ele conseguiu acumular um vasto conhecimento, mas que no final só causou sofrimento ao seu povo.

Rato levantou os olhos, quando ouviu a menção do nome Espírito de Sangue:

– Se você sabe quem é ele, por que não falou com ele ainda?

– Este é o problema. Eu o prendi aqui no Limbo dentro de um labirinto que eu mesma fiz. Eu não posso ir até lá sozinha!

– Labirinto? – Romam estava curioso.

Tuna se levanta e começa a circular a mesa. Preocupada com o que irão enfrentar, ela explica:

– Esta alma em particular é muito perigosa. Por motivos maiores não pude julgá-la ainda. Eu a deixei presa no centro do grande labirinto até resolver o que fazer com ela. Um lugar que nem mesmo eu consigo atingir.

Nesse momento um raio corta os céus do Limbo bem próximo ao santuário, fazendo os três estremecerem diante do poder do desconhecido. Romam se levanta, seguido de Rato que diz:

– Então, estamos esperando o quê? Leve-nos até lá! Espero que esta Tempestade não tenha atingido o lugar, porque, senão, perderemos nossa única alternativa.

– Tenho certeza de que podemos cruzar qualquer obstáculo daquele lugar. Farei qualquer coisa para impedir a destruição dos Reinos! – declarou o anjo.

Tuna se volta para eles. Apesar da dúvida e da desconfiança dos dois desconhecidos, sabia que eles tinham motivos para seguirem com a missão. Olhando para os dois, diante da iniciativa, sentiu uma grande esperança invadindo seu ser e, sem dizer uma palavra, abriu um portal de energia, pelo qual os três passaram sem maiores problemas. Assim que passaram, o portal se fechou deixando apenas uma brisa leve como único ocupante do santuário.

DESTRUIÇÃO

Em outra parte da cidade, na Terra, um grupo de amigos assistia a uma partida de futebol na parte baixa da arquibancada de um grande estádio. O local estava lotado e todos estavam esperando ansiosos pelo final da partida que já estava ganha para o time da casa. Sem nenhum aviso, uma grande névoa de tom avermelhado começa a preencher as arquibancadas, fazendo as pessoas desmaiarem. Vendo aquele cenário, as pessoas entraram em desespero, tentando sair do estádio. O grupo de amigos que estavam no degrau de baixo começou a correr em fuga. No processo, um deles tropeçou e caiu. Apesar da grande amizade entre eles, o desespero fez com que nenhum deles voltasse para socorrê-lo.

O tumulto era tanto que a multidão passava por cima das pessoas que caíam tropeçadas. Do lado de fora do estádio, algumas ruas já estavam desertas, como se havia tido uma guerra que acontecera em minutos. Não havia onde se esconder. As pessoas gritavam desesperadas enquanto a fumaça se espalhava pelas ruas ao lado do estádio. Uma criança havia se escondido dentro de uma caçamba de lixo, mas foi em vão. A fumaça penetrava pelas fendas da tampa e, lentamente, sugava a alma daquela inocente.

Entre os milhares de pessoas que se desesperavam nas ruas, um padre empunhava um cartaz em que estava escrito: "Arrependei-vos, pois este é o fim dos tempos!" Ninguém saberia o quanto ele estava certo. Segundo a sua crença, o padre havia visto as pessoas mais próximas a ele sucumbirem diante da névoa vermelha e sabia que aquela anomalia significava a Besta descrita na Bíblia. Mas isso não importava mais, porque, em questão de minutos, mais de duas mil almas haviam sido consumidas. Incluindo a pobre alma daquele servo de Deus.

A primeira cidade estava deserta. Nas ruas, somente restavam o caos e a destruição. Carros em chamas, vários corpos pela cidade. Dentro das casas, o cenário não era diferente. Poucas lojas haviam sido saqueadas, pois não fazia mais do que uma hora desde que aquela força em forma de fumaça tinha chegado. Foi tão rápido, que não tiveram a chance de fugir. O exército chegou a ser chamado, mas não teve tempo para se organizar. E, mesmo se tivesse, não faria diferença nenhuma. Como combater algo que se assemelha ao ar?

Vendo o resultado de sua passagem, a misteriosa força se elevou aos céus, deixando as ruas da cidade em silêncio, e comtemplou sua nova forma melhorada. O ser se alimentava de cada alma e, com isso, seu poder crescia incontrolavelmente. Voando através das nuvens, procurou outro alvo para continuar seu intento. Soube escolher aquele planeta, pois tinha o conhecimento de que ali havia bilhares de almas a serem colhidas.

Um lugar assim, no Universo inteiro, era muito difícil de encontrar.

Sendo uma Criatura instintiva, sentia prazer no que fazia, pois tinha a necessidade de saciar sua fome. Esboçou um enorme contentamento quando avistou uma grande cidade. Imediatamente se locomoveu até lá e a chacina se iniciou de novo. Sem perceberem, milhares de pessoas sucumbiram em questão de minutos.

O LABIRINTO

Tuna, Rato e San Romam chegam diante dos grandes portais da entrada do labirinto. A ventania havia aumentado sua intensidade e todos perceberam que estavam mais próximos da Tempestade. O barulho do vendaval chegava a incomodar. Tuna fala alto para se fazer ouvir:

– Chegamos!

Rato e San Romam olham para as grandes portas da construção. Eram feitas de madeira pura, com vários entalhes feitos à mão mostrando vários feitiços e encantamentos protegendo seu interior. As portas seguiam uma grande parede que tinha mais de sete metros de altura e, pelo menos, um metro de espessura para ambos os lados a se perder de vista. A construção era antiga, mas resistia fortemente ao clima do Limbo, sem perder sua força. Tuna levantou os braços e conjurou uma antiga magia na esquecida língua enoquiana:

"Abandono a razão e abraço a loucura ao passar por estes portões!"

As portas rangeram a madeira ao se abrirem. Tuna avança para entrar, mas os dois ficam parados. Tuna se volta e diz:

– Vocês estão com medo? Podem vir...

Rato, se sentindo muito insultado, entra no labirinto seguido pelo anjo. Os sons do ambiente externos são abafados pelas paredes do lugar. Ele justifica:

– Não tenho medo de nada! O que eu fico pensando é se isto não é alguma armadilha sua. Assim como você não confia em mim, o sentimento é recíproco.

– Não tenho como esconder nada de você, né, Rato? De fato é uma armadilha muito bem-feita a qual planejei há vários anos, como se eu não tivesse mais nada para fazer, justamente para pegar um pequeno e insignificante demônio e um mero anjo da guarda. Realmente, você é muito esperto! – ironiza Tuna.

Rato percebe o quanto foi ridículo nesta parte. Romam não se incomodou com o fato de Tuna o mencionar como "mero anjo da guarda", pois sabia exatamente o seu lugar na hierarquia angelical. E tinha muito orgulho disso.

Tuna fechou as portas e os três se viram sozinhos e em silêncio, dentro das paredes do labirinto. Não havia mais vento. Apesar de ainda poderem ver o céu do Limbo, alguma magia atuava naquele lugar impedindo a passagem do vento. As paredes de pedra eram recheadas de inscrições em vários idiomas mortos misturados às runas enoquianas das antigas escrituras, símbolos há muito tempo esquecidos. Apesar do clima seco, muitos musgos e matos invadiam as rachaduras no chão revelando que há tempos ninguém passava por ali.

Os três protagonistas já começaram a se deparar com duas direções diferentes a serem tomadas. Indecisos, Rato e San Romam olharam para Tuna. Ela reclamou:

– O que foi?

– Você é a dona deste lugar, indique o caminho! – disse Rato.

– Eu não sei qual é o caminho! O labirinto muda de tempos em tempos! Se vocês têm alguma sugestão, por favor, apresentem!

– Mas que merda! Como é que você constrói um lugar desses e depois não sabe como sair dele?

– Eu o construí desse jeito, pois não queria que a alma de Espírito de Sangue ficasse impune! Existem magias neste Universo que podem me persuadir e me fazer dizer como o labirinto funciona. Por isso criei um sistema independente para que isso não ocorresse!

– Presos como ratos no labirinto! – Romam não resistiu ao trocadilho. Rato só olhou sério para ele.

– Se vocês olharem para trás, poderão ver que as portas desapareceram – diz Tuna – Não há outra forma de sabermos com o que estamos lidando, sem falar com Espírito de Sangue. Agora, não há mais volta!

Os dois olham para trás e notam que, no lugar das portas, há apenas uma parede de pedra cheia de inscrições. Tuna continua:

– Aqui dentro não podemos usar nenhum de nossos poderes. As inscrições nas paredes impedem isso.

Rato é teimoso. Coloca suas mãos na parede e tenta usar fogo em forma de rajada para derrubá-la. Ele é violentamente repelido, sendo jogado para o outro lado do corredor e caindo ao chão. San Romam solta um sorriso de satisfação:

– Bem feito...

Rato esbraveja:

– Pelo menos estou tentando alguma coisa, seu pluminha de merda!

– Não podemos ficar aqui discutindo. Alguém tem uma solução? – pergunta Tuna.

Ele se levanta, batendo no próprio casaco para tirar o pó do chão:

– Existe um ditado que, para encontrar algo perdido, primeiro, você deve perdê-lo.

Tuna e Romam se olham sem entender. Rato prossegue:

– Ao que parece já estamos perdidos. Minha sugestão é que andemos a esmo pelo labirinto até que surja alguma pista que nos leve para fora daqui.

San Romam se contém. Aproxima-se de Rato e o encara frente a frente:

– Quer que nos percamos? Essa é sua sugestão? Ou o seu desejo?

– Tem outra ideia?

– Sim! Vamos marcar o chão com sinais, mostrando por onde já passamos!

– Boa ideia! Posso arrancar seu sangue e usar como tinta para as marcações! – ironiza Rato – Seu imbecil! Não podemos fazer isso porque as paredes mudam de lugar, conforme já foi dito!

San Romam fica em silêncio na frente de Rato com fúria no olhar. Este se afasta. Percebe que, sem seus poderes, em uma luta corporal, o anjo venceria de olhos vendados, uma vez que ele foi treinado para isso. Romam era um guerreiro mortífero e não perderia a oportunidade de abatê-lo.

Tuna apenas observa. Ela também sente que é inútil sem os poderes e fraca como está, não serviria muito para um confronto físico. Se houver uma briga entre os dois, ela teria que intervir de um jeito ou de outro. Sem pensar direito, querendo mudar o assunto, ela apontou e disse:

– Vamos por aqui. Estou com um pressentimento de que este lado é o correto.

– Com base em que você acha isso? – replica Rato – Quem foi que a nomeou líder do bando? Qual é a sua?

– Tem outro motivo para não demorarmos. Quanto mais ficamos aqui, mais o poder do labirinto confunde nossas mentes. Muitos já enlouqueceram aqui dentro tentando encontrar Espírito de Sangue em benefício próprio. Nenhum deles jamais foi encontrado.

– Ainda mais essa! Como se não bastasse o holocausto lá fora!

Tuna permanece em silêncio olhando para ele. Por fim, se vira e começa a caminhar na direção que havia apontado, sem dizer nada. O anjo a segue, deixando o pequeno demônio parado. Rato olha para os lados notando que seria deixado sozinho, caminhou na mesma direção e reclamou para si mesmo dizendo: "maldição!".

Do lado de fora, a Tempestade se aproximava de uma das extremidades do labirinto. A força do vendaval ainda não era suficiente para derrubar as grandes muralhas do lugar, mas isso era uma questão de tempo. Cada vez mais, a Tormenta do Fim aumentava de tamanho, proporcionalmente às suas forças. Novos ciclones e raios eram formados, deixando seu potencial acima de qualquer desafio.

Espírito de Sangue

Andando há algum tempo, ainda admirados pelas esculturas e inscrições nas paredes, eles percebem que não iriam muito longe daquele jeito. Foi Romam que quebrou o silêncio perguntando:

– Esta alma deve ser perigosa mesmo. Só o fato de você ter construído um lugar assombroso desses já é suficiente. Quem é ele?

– Eu já ouvi alguns rumores sobre ele, parece que está na lista dos mais desejados do Inferno... – disse Rato.

Tuna olha para ele e explica melhor:

– Eu digo que ele é a alma mais procurada do Inferno, perigosa para o Limbo e a mais rejeitada pelo Céu.

Tuna começa a se recordar do dia em que o conheceu...

Ano de 1177 depois de Cristo. Numa pequena vila espanhola, cresce no ventre de uma mulher camponesa uma alma que haveria de alterar o rumo do mundo de um modo nunca visto antes. Durante seu nascimento, a mãe teve dificuldades e acabou falecendo após o parto. Culpado pelo pai, o bebê foi jogado no rio e levado pela correnteza. Com sorte, não se afogou e foi resgatado por um velho ermitão que morava sozinho. Sem família, o velho cuidou dele e, com o tempo, lhe ensinou a antiga arte da alquimia, até que morreu 22 anos depois do ocorrido.

Sozinho, o órfão começou a estudar a fundo os mistérios daquela antiga arte. Queimou a casa em que vivia e saiu em viajem para nunca mais voltar. Vivia de favores por onde passava, às vezes mendigava e outras trabalhava, mas sempre vivia como nômade. Nunca se estabelecia em um lugar fixo. Conheceu vários estudiosos, passou por quase todos os lugares do mundo, havia lido mais de 15 mil livros. Com o tempo, fez fama e fortuna por onde passava. Todos vinham atrás de seu conhecimento em medicina e encantamentos que vinham melhorar a vida dos que achavam que necessitavam de sua ajuda. No decorrer dos anos, ele explorou muitos povos. Causou a ruína de impérios inteiros. Temudjin foi um dos seus discípulos por um tempo. E, após alguns anos, desapareceu por completo.

– Temudjin? – perguntou San Romam.
– Você o conhece por Gêngis Khan – respondeu Rato, interessado na história.

Todos o procuravam, mas só uma divindade do Limbo sabia onde ele estava. Ele havia se tornado uma pessoa reclusa e se refugiou nas cavernas de Chan-Nikha nas montanhas tibetanas. Lá ele se preparou. Começou a manipular forças negras e brancas, feitiços tão poderosos que fariam o maior dos magos um reles amador. Obteve sucesso criando um homunculus, uma criatura gerada a partir de energia quântica. Mas isso não era suficiente para ele. O alquimista queria ir até as profundezas do Universo físico e paralelo. Ele já havia visto de tudo e todos no mundo e conseguiu coisas que outros humanos jamais fariam. Em sua fome insaciável de sabedoria ele conseguiu ir além! Com seus conhecimentos, formulou uma grande magia capaz de abrir portais dimensionais. Foi nesta época que o conheci, a primeira alma cujo corpo mortal ainda vivia. Ele foi para o Céu, para o Limbo, para o Inferno e sabe Deus para onde mais.

Quando ele tomou conhecimento dos Reinos, além da morte, não havia mais segredos a serem desvendados. Sabia que, com o sofrimento que tinha causado em seus tempos de glória, só havia um lugar para onde eu o mandaria assim que seu corpo perecesse.

– Eu ouvi falar dele. Ninguém sabe o seu real nome, pois algumas magias têm seu poder baseado no nome de origem da pessoa.

Foi um dos poucos que foram ao Inferno e voltaram com vida. – completou Rato.

Quando soube que sua alma iria para o Inferno, ele tentou usar o famoso Elixir da Vida que tanto o fazia famoso. Isso prolongou sua vida de modo espetacular, fazendo-o passar pelas eras, causando mais ruína do que benefícios. Foi conselheiro de Eduardo III no ano de 1312, assassinou Alberto II em 1358, tornou Carlos VI um doente mental em 1420 fazendo-o se matar. A lista de atrocidades era vasta. Parecia uma maldição a persegui-lo. No final do século, ele estava velho e acabado, sem forças. O Elixir da Vida não adiantava mais. Em seu último ato de loucura, ele praticou um ritual em que conseguia marcar a si mesmo, na própria alma. Usou símbolos ritualísticos do Grimorium unidos com as chaves de Salomão em seu próprio corpo e, como sempre, obteve sucesso. Os símbolos que ele havia marcado evitavam que sua alma fosse aceita pelo Demônio. Ele sabia que, assim que eu o julgasse, ele iria direto para o Inferno.

Não podia condená-lo. Não podia absolvê-lo. Então, pouco antes de ele morrer, tive a ideia de fazer uma prisão para que ele ficasse aqui no Limbo até o dia em que eu consiga mandá-lo para onde merece.

– Tive que criar certos sistemas de defesa para que nem mesmo eu possa entregar seu verdadeiro paradeiro. As inscrições nas paredes e as constantes mudanças no aspecto do labirinto garantem isso. Espírito de Sangue. É assim que ele é chamado. – finalizou Tuna.

– Talvez eu consiga identificar os símbolos que ele usou para as marcações. Eu conheço estes livros que você citou. Não deve ser difícil reverter o processo. Escapar do Inferno não é algo que nós demônios permitimos. Se depender de mim, o merdinha irá ter o que merece.

– Eu sabia que você podia ajudar, Rato. Tenho certeza de que seu mestre ficará satisfeito se você fizer isso.

"Meu mestre", pensa Rato. "Se eu tivesse um mestre, com certeza não pertenceria a Trindade infernal!".

– E ele adora pegar uma alma que tenha escapado de suas garras! – diz San Romam, diante do silêncio de Rato.

De repente, Tuna sente seu corpo fraquejar mais uma vez. Ela chega a se ajoelhar, mas logo em seguida é erguida pelos braços fortes de San Romam. Tentando disfarçar ela entende o que havia acontecido. Em outra parte do Limbo, seu sagrado santuário, lugar onde recuperava suas forças, é completamente destruído pela Tormenta do Fim, e com isso, grande parte de seus poderes se perdem para sempre. As colunas de pedra, assim como a grande mesa retangular de puro granito que formavam o recanto de Tuna, não resistiram aos fortes vendavais que a Tormenta fomentava. Elas foram arrancadas de sua base e arremessadas ao vento parecendo folhas mortas caindo de seus galhos, ao invés de objetos que pesavam toneladas. A destruição do local garantia a perda parcial dos poderes da Deusa, assim como a comunicação dos Reinos, deixando a nova Trindade sozinha em sua jornada.

DELÍRIOS E DEVANEIOS

Enquanto isso, no labirinto, havia se passado horas desde quando adentraram o lugar. Por ser o menor dos três, Rato era o que mais sofria com aquela andança toda. E todos já sabiam que não havia muita esperança, pois não tinham encontrado nenhuma pista pelo caminho.

– Vamos parar um pouco para descansar!

– Não temos tempo, Rato. A cada momento que passa, eu fico mais fraca.

– Que se foda, Tuna. Você é uma filha da puta por construir um lugar desses! Espero que tenha valido a pena...

San Romam aplica um forte soco no rosto dele, que é atirado a alguns metros para trás. Imponente e sem parecer esgotado, o anjo a defende:

– Nunca mais insulte a Deusa ou o Criador na minha frente, demônio!

Rato se levanta, limpa o sangue da boca com as costas da mão e avança para o anjo em posição de ataque:

– Ora, ora, ora. Parece que atingimos um nervo exposto!...

Ele o atinge no estômago em razão de sua pequena estatura. Romam foi pego de surpresa pela agilidade, mesmo após ver que ele continuava cansado da caminhada. Os dois se engalfinham no chão rochoso do labirinto. Vários socos são aplicados nos dois, deixando-os quase desfigurados de tanto sangue sendo espirrado de suas faces.

Sem os poderes, Tuna tenta gritar com eles, mas em vão. A fúria e o ódio impediam que os dois escutassem. Ela sabia que aquela luta entre os dois haveria de acontecer mais cedo ou mais tarde. Aturdida, sem saber o que fazer, ela se encostou em uma das paredes, totalmente esgotada e sem esperanças. Tampou os ouvidos com a mão e fechou os olhos, tentando afastar aquela loucura que tomava conta dela. No escuro, começou a ouvir uma voz macia que a chamava – *Por aqui, Tuna.*

Ela abriu os olhos procurando a origem do som. Tudo o que viu foi os dois brigando violentamente sem parar. Cerrou os olhos e, novamente, ouviu a voz:

– Venha por aqui.

Abriu novamente os olhos e percebeu que estava sozinha e no escuro. Levantou-se e, tateando as paredes, conseguiu ver um vulto de uma mulher, indicando o caminho que ela deveria seguir. Para se ver livre do labirinto, ela a seguiu sem notar que estava indo sozinha. Nem se importou com o fato de que Romam e Rato haviam desaparecido. O silêncio reinava em sua mente e o cansaço tinha sumido. Tentando alcançar o vulto, ela apertou o passo e conseguiu se aproximar. Quando notou quem era, não conteve a surpresa.

***

Longe dali, Rato, com suas últimas forças, esmurrou o rosto do anjo e em seguida caiu ao lado dele, todo machucado e desmaiado. Ambos estavam com vários hematomas e queimaduras pelo corpo. Sangue jorrava de seus rostos. Exaustos, eles ficaram deitados recuperando as energias. O primeiro que se levantasse poderia colocar um fim àquela insanidade, matando o adversário. Mas nenhum deles daria o braço a torcer. A loucura do labirinto estava tomando conta de ambos.

Foi Romam que abriu os olhos e, ainda meio tonto, a primeira coisa que notou foi Tuna, bem longe deles, se afastando como se estivesse em transe.

– Tuna! – ele chamou, mas ela não ouvia – Volte aqui! Não devemos...

Nesse momento o labirinto começou a mudar. Suas paredes rangiam ao se moverem, para a angústia do anjo. Vendo que uma delas ia separá-los, ele reuniu forças e tentou alcançá-la antes que elas se fechassem completamente.

– Tuna! – ele gritou ao ser barrado no corredor, por uma enorme parede de pedra, impedido de chegar até ela.

Atrás dele, outra parede o separou de Rato, mas não deu muita importância a isso. Ele se viu totalmente lacrado em um cubículo, quando uma nova passagem lhe foi aberta, liberando-o para prosseguir. Com a cabeça baixa e um grande desânimo, disse para si mesmo:

– Tuna...

Andando sozinho pelos corredores do lugar, sentiu grande angústia dentro de si. Foi quando se assustou ao ver a imagem de seu pai.

***

Em outra parte, Rato abriu os olhos de repente e deu um soco no ar instintivamente, como se ainda estivesse lutando com o anjo. Olhou para os lados e percebeu que se encontrava sozinho. Não estava se lembrando do que havia acontecido, pois o último golpe que levara o tinha deixado inconsciente. Mas também não tinha a certeza de que fora isso. Dando um tapa em si mesmo, para acordar daquele torpor, se levantou e se recompôs. Limpou o sangue do rosto com o próprio casaco que usava e, olhando em volta, disse para as paredes:

– Até que enfim um pouco de sossego – dizendo isso, começou a arranhar as paredes com as unhas – Posso estar louco, mas se eu estiver certo...

***

Longe dali, Tuna estava assombrada pela silhueta à sua frente. Ela havia descoberto que aquele vulto feminino era ela mesma! Aproximou-se dela e, assim que a tocou, recebeu um enorme golpe no rosto fazendo-a cair no chão.

– Sua vagabunda! – gritava seu reflexo.

Tuna a olhou com raiva. Não sabia o que estava acontecendo, mas não tolerava aquele tipo de atitude. Continuou no chão ouvindo aquela imagem que a acusava apontando o dedo:

– Quem é você para julgar as pessoas? Como você pode medir simplesmente o bem e o mal? Sua cretina arrogante! Acha mesmo que está acima de todas as almas?

Tuna começou a compreender. Em sua cabeça, ela precisava liberar aquele caos e loucura que o labirinto estava formando em sua mente. O resultado foi a liberação de sua consciência e integridade, sempre a acusando de sua difícil tarefa no Limbo. Aquela imagem distorcida nada mais era do que sua culpa sentida ao fazer os julgamentos. Ela teria de pôr um fim nisso. Ergueu-se e encarou seu reflexo que dizia:

– É isso mesmo! No final, quem julgará você? Acha mesmo que pode me enterrar para sempre no fundo de sua consciência? Quem você pensa que...

– Cale a boca! Você não é nada! – Tuna a encarava. Olhando no fundo de seus próprios olhos, ela havia percebido o quanto foi negligente consigo mesma, mas que aquilo era facilmente superado.

– Você é apenas uma fagulha perto do que eu sou! – a arrogância deixava a verdadeira Tuna mais forte – Eu sou uma Deusa, escolhida pelo próprio Deus único! Você não... – ela falava com mais autoconfiança enquanto se aproximava da imagem – ... é nada!

Aplicou um forte golpe em seu próprio rosto distorcido. A outra Tuna se desviou a tempo. Ambas começaram uma luta acirrada. Como derrotar alguém que tinha as mesmas habilidades que ela? Sua agilidade, seus movimentos e sua forma de pensar eram os mesmos. Apesar de a imagem conseguir tocá-la e sentir seus golpes, Tuna percebeu que aquilo tudo estava no fundo de seu subconsciente. Disse a si mesma:

– Você não passa de um mero sentimento de culpa que há muito abandonei!

A falsa Tuna saltou no ar para finalizar o combate com um golpe mortal. A verdadeira Tuna nem se mexeu. Nem tentou se defender. Com essa atitude, a imagem se desfez no ar deixando Tuna sozinha.

Ela respirou aliviada. Havia vencido a loucura do labirinto. Olhou para os lados e tentou encontrar Rato ou San Romam, mas sem sucesso. Chegou a pensar em como eles haviam se saído em relação à loucura, mas isso era irrelevante no momento. O mais importante era encontrá-los. Começou a andar pelos corredores do labirinto, agora, com a esperança renovada, com grande confiança de que tudo haveria de dar certo.

***

San Romam estava petrificado, pois a imagem de seu pai – seria mesmo uma imagem? – era demais para ele. Tinha três metros de altura, vestia uma armadura dourada e dela pendia uma túnica, a qual chegava a esconder seus pés. Não possuía asas, mas sua auréola era bem visível. Da última vez que se despediram, não foi com muita cordialidade, pois ele o havia mandado para ajudar Tuna, e de início Romam não se agradara muito, pois estava mais interessado em terminar o treinamento para Arcanjo. Ele mal podia acreditar no que estava vendo naquele momento:

– Pai! Você está realmente aqui? Veio por mim? – perguntava Romam, indo em sua direção.

– Por você? Não me faça rir. – estrotejava o grande Arcanjo. – Quando o mandei para sua primeira missão, você não ficou muito satisfeito, e olhe para você agora...

O anjo parou e tentou entender o que estava acontecendo. O Serafim continuou e apontou em sua direção, acusando-o:

–... continua o mesmo bebê chorão de sempre!

– Pai...

– Não me chame assim! Tolo, você é tão fraco que não conseguiu destruir um pequeno demônio.

– Me dê outra chance...

– Calado! Você não me dá ordens, obedece a elas! O tempo que gastei com seu treinamento foi inútil. Jamais será igual a mim!

A cada repreensão, Romam se sentia humilhado. Sua dignidade estava arruinada.

– Você não é nada!

Romam começava a perceber.

– Nunca passará de um "mero anjo da guarda"!

"Tuna", pensava ele. Aquele "Arcanjo" não era seu pai! Ele jamais mencionaria o termo vergonhoso "anjo da guarda". É apenas uma imagem da sua cabeça sendo projetada pelo poder insano do labirinto. Ganhado confiança, ele berra:

– Cale essa maldita boca! Você não é meu pai!

De repente a imagem ficou em silêncio e começou a sorrir. Romam continuava:

– Eu sou o grande Dominador San Romam! De toda a última geração de anjos, eu fui eleito o melhor! – conforme avançava para a imagem de seu pai, Romam falava mais alto impondo sua confiança. – Eu sou o mais forte da minha estirpe! É você que não passa de uma mera lembrança!

Encarando a imagem de seu pai, frente a frente, sem desviar o olhar, Romam entendeu que havia vencido a sua loucura. A imagem sorriu de leve e disse: – Estou orgulhoso de você.

Após isso, apontou para o alto mostrando ao anjo um pequeno pássaro sobrevoando o labirinto. Romam tentava compreender o que significava aquilo enquanto acompanhava o pequeno pássaro até sumir por detrás das paredes do lugar. Quando se voltou para o seu pai, ele havia desaparecido.

***

Rato continuava a raspar as paredes do labirinto. Se estivesse certo, não precisaria mais encontrar a saída daquele lugar. Encontrou uma pedra no chão e continuou seu intento. Dava trabalho, mas era melhor do que achar uma saída. Em certo momento, uma imagem se formou ao seu lado. Era um monstro bestial com pernas de bode. Rato notou sua presença, mas não interrompeu sua atividade.

– Rato – disse o monstro sem se mexer – Isso não adiantará nada. Você é fraco e perecerá entre essas paredes esquecidas por Deus.

Rato o ignorou. Ele não parava de raspar as paredes com a pedra. A imagem fez menção de que iria atacá-lo, mas o pequeno demônio é esperto. Sem alterar seus movimentos nem desviar o olhar de seu trabalho, ele diz, falando para as paredes do labirinto:

– Beelzebuth é um grande demônio da trindade infernal, mas ele jamais mencionaria a palavra Deus em seus diálogos. E esta é uma imagem muito malfeita dele. Não importa o que você faça, labirinto maldito. Com certeza, eu vou sair daqui!

A imagem se desfez, deixando o pequeno e esperto demônio sozinho entre aquelas paredes inóspitas.

A TORRE

Tuna corria contra o tempo pelos corredores do labirinto, imaginando que nunca mais faria outro lugar como aquele. Sua construção, há centenas de anos, lhe tomara muito tempo. Ela pôde se lembrar do glorioso trabalho de criar corredores e bifurcações, de cada magia empregada para dar aos entalhes nas paredes mais do que vida, uma personalidade! E, por isso, sentia-se orgulhosa de sua mais trabalhosa realização, de ter sido arquiteta do único labirinto nos três Reinos capaz de subjugar almas como a do Espírito de Sangue. Sempre iria haver alguém que poderia pensar em burlar as regras imutáveis do Cosmos. Era para isso que ela existia: cuidar das almas sendo juíza, júri e carrasca! Estava pensando nisso quando avistou San Romam descendo do céu para salvá-la. Ele vai ao seu encontro:

– Tuna!

– Romam!

Os dois se abraçam e percebem que fora a primeira vez que se tocaram. Sem pensar, Tuna o beija violentamente. Pego de surpresa, Romam se entrega à Deusa. Ambos sentiram um apetite sexual intenso, mas antes que o ato fosse consumado, um raio cortou os céus do Limbo, tirando a concentração dos dois. Sentindo-se fraco, o anjo estava meio atordoado com o que acabara de passar. Recupera o fôlego e olha para Tuna:

– Ainda bem que a encontrei.

— Não me perderá assim tão fácil. Foi Rato quem o feriu deste jeito? – ela pergunta olhando para o rosto dele.

— Apenas alguns arranhões, nada mais. Precisa ver como ele ficou.

— Não me interessa mais. Como consegue voar aqui dentro? Saiu do labirinto?

— Quando avistei a alma de um pássaro voando acima dos muros deste lugar, percebi que minhas asas não fazem parte de nenhuma restrição do labirinto.

— Mas ele proíbe tudo que é de magia...

— Exato. Minhas asas fazem parte da minha anatomia. Não são elementos de magia.

— De fato, acho que o meu labirinto não é mais o mesmo... – disse Tuna meio decepcionada.

— Não diga isso. Você fez um trabalho incrível! Venha. Vamos sair daqui!

Sem pedir licença, San Romam a pega nos braços com facilidade, apesar do tamanho dela, e em alguns segundos levantam voo. Ela olha para baixo e pergunta:

— E quanto a Rato? Você o viu?

— Mesmo se o visse, jamais iria carregá-lo. Ele que se perca no labirinto.

— É uma pena. Apesar de não se importar, ele poderia me ajudar bastante.

— Não consigo ver que tipo de ajuda você conseguiria dele. Tenho certeza de que só nós dois vamos conseguir!

O anjo voa a toda velocidade, ganhando altitude. Lá do alto eles conseguem avistar a Tempestade, muito próxima, destruindo as bordas do labirinto. Tuna olha para a Tormenta do Fim e se lembra de Guanishe, a alma do pobre animal que tinha salvado sua vida. Jamais o esqueceria. Raios e relâmpagos conseguiam destruir as paredes do labirinto, com certa dificuldade, mas seu avanço era bem visível.

Ambos avistaram uma construção antiga, como se fosse uma torre, no centro daquele emaranhado de corredores que formavam o sombrio labirinto.

— Está vendo aquela torre? – apontava Tuna. – Foi lá que aprisionei o Espírito!

— Então, vamos até lá.

Assim que se aproximaram, Romam planou até descer em frente à porta de entrada. A torre ficava bem no centro do labirinto, dentro de um pentagrama visto somente do alto, marcado no chão com areia e sangue seco. A parte externa da torre era feita de pedra, muito antiga, com musgos e muito limo saindo pelos orifícios, apesar do clima seco do Limbo. Não havia janelas nem gárgulas no alto como uma construção daquele tipo deveria ter. A única porta era feita de madeira pura, entalhada com todas as batalhas de que Espírito de Sangue participara. À frente dela, apenas alguns degraus de pedra a separavam da porta. Romam olhou para a torre e não se impressionou, pois era pequena demais. Não tinha mais do que 20 metros de altura e seu diâmetro era de apenas oito metros. O anjo fica desconfiando olhando para Tuna:

— Tem certeza de que ele está aí dentro?

— Espírito de Sangue! – chama Tuna.

Apenas o longínquo som da Tormenta responde a ela. Eles esperam alguns minutos e nada.

— Espírito de Sangue! – torna a chamar.

Silêncio. Ela olha para o anjo, indicando que irá entrar. Encosta a palma da mão aberta na porta de madeira e, com um fraco brilho, a porta é empurrada para trás, revelando, para a surpresa de ambos, o imenso lugar onde vivia o prisioneiro.

Explicações

Tuna olhava admirada. Diferentemente do lado de fora, onde o barulho incessante da tempestade que se aproximava reinava, o interior da torre estava em completo silêncio. O lugar por dentro estava diferente de como havia deixado há centenas de anos. Por incrível que parecesse, o único salão da torre havia aumentado de tamanho, ultrapassando os limites das paredes externas.

– É impossível – ela dizia, quebrando o silêncio, tentando compreender.

– É bem maior por dentro do que por fora. Inegavelmente há alguma magia arcana atuando neste espaço.

À medida que caminhavam para dentro, eles observavam o lugar. A cada passo que davam, o eco dominava o ambiente. Nas paredes estavam altas colunas que subiam até o teto da torre. Ao lado de uma das colunas, a estátua de um homem com pernas pequenas e braços exageradamente musculosos decorava o salão. Inscrições nas paredes, no chão e na estátua terminavam por finalizar os detalhes do lugar. Iluminando o local, estavam cinco tochas acesas presas ao chão, formando um círculo, chegando a uma altura de um metro cada uma. No chão, um grande pentagrama se destacava, em cujas pontas ficavam as tochas. Em seu centro, um trono ocupado por um corpo de um ancião desacordado. Antes que abrissem a boca para acordá-lo, ouviram uma voz baixa detrás deles:

– Vocês demoraram.

Tuna e Romam levaram um grande susto. O pequeno homem, saindo detrás de uma das colunas, não pôde evitar um leve sorriso.

– Rato! Como foi que chegou aqui? E ainda, antes de nós!

– Curioso, pluminha?

Tuna olhou para o velho que dormia em seu trono. Voltou-se para Rato e, em voz baixa, o ameaçou:

– Responda à pergunta! – Tuna estava decidida.

Rato, não se importando com aquela atitude, a olhou nos olhos e depois desviou o olhar para o velho mais adiante. Respondeu no mesmo tom baixo:

– Depois eu explico. Não temos muito tempo aqui. Em minutos a Tormenta irá nos atingir, destruindo tudo por aqui. Você pode sentir? Este labirinto é o último lugar do Limbo que ainda existe!

Tuna ficou em silêncio sentindo novamente aquele aperto no coração, o mesmo de antes quando a Tempestade havia destruído outros lugares no Limbo. Sabia que o que Rato dizia era verdade. Aquela parte do Limbo se mantinha instável porque ela ainda estava presente ali. Desistindo momentaneamente da pergunta, Tuna olhou sério para ele e depois para Romam. Sem dizer nada, ela se voltou para o velho, há alguns metros, e sem entrar no pentagrama, chamou-o:

– Espírito de Sangue!

O ancião, que estava esparramado em seu trono, apenas abriu os olhos. Ele aparentava ter em torno de 90 a 100 anos de idade. Sua pele era cheia de cicatrizes e todo seu corpo estava marcado com os sinais ritualísticos, que Tuna havia mencionado anteriormente. Vestia uma simples túnica de cor escura. Seu trono era feito de mármore, com algumas partes esculpidas com os mesmos símbolos que o cobriam na pele. Assim que abriu os olhos, com a voz ecoando pelo salão, disse:

– Eu os ouvi falando antes mesmo de abrirem a porta – levantando um pouco o rosto para observá-los, ele continuou – Meu algoz! – referindo-se a Tuna – O que faz aqui? Teria mudado seu julgamento? Devo ter esperanças?

Rato e San Romam permaneciam ao lado da Deusa, sem entrar no pentagrama também. Espírito de Sangue não parecia notá-los. Tuna responde:

– Meu julgamento não mudou e nunca mudará. Mas posso livrá-lo desta prisão eterna se você me ajudar.

– Liberdade? Se o veredicto não mudou, significa que ainda estaria preso ao Limbo.

– O Limbo é infinito, Espírito de Sangue. Este salão, não!

Ele a olha com alguma esperança. Há centenas de anos ele jamais havia saído daquela prisão. Com o passar do tempo, aquele local se tornou o seu lar. Era difícil imaginar como tal consciência não havia perdido a razão, diante da falta de liberdade e solidão. Finalmente havia chegado o dia em que se veria livre de sua jaula, mas também não podia demonstrar tal felicidade para as "visitas", pois sabia que os termos da barganha poderiam ser facilmente alterados. Não se pode brincar com alguém como Tuna. Tentando conter a exaltação, disse calmamente:

– Viu o que fiz com o lugar?

– Sim. Deve ter sido difícil para você dar seu toque pessoal.

– Algumas magias de transubstanciações para as paredes. Um pentagrama para me proteger dos malditos demônios no chão... nada de mais. Tive bastante tempo para isso... como já sabe.

– Não foi para isso que vim! – disse Tuna firmemente, voltando ao assunto.

– Não sei por que vieram, mas se conseguiram chegar até aqui, o negócio deve ser bem sério e estão precisando muito de mim. – Ele se levanta do trono com dificuldade e caminha até a borda do pentagrama. Apesar de querer aceitar, tenta aumentar sua parte na barganha. Falando sério e em tom superior, disse: – Eu somente a ajudarei, se você me julgar inocente de meus pecados, permitindo a minha entrada no Céu!

Imediatamente, San Romam, até então quieto, coloca a mão no ombro de Tuna, pedindo sua atenção:

– Não faça isso! Ele não é digno...

– Sei muito bem das minhas responsabilidades, Romam – disse Tuna tirando a mão dele com atitude. Ela se volta para o velho e dá sua resposta, cara a cara: – Eu jamais faria isso. Espero que continue a redecorar o seu canto, pois terá muito mais tempo para isso!

Dizendo aquelas palavras, Tuna lhe dá as costas a ele e começa a caminhar em direção à saída. A feição do rosto do velho se tornara séria. Ele levanta uma das mãos, cheia de veias e rugas, e diz:

– Você sabe do que sou capaz, Rainha do Limbo! Nunca deveria ter vindo aqui! E agora é tarde demais!

A estátua que decorava o local, ao lado de uma das colunas, começa a ruir. Uma das pernas dá o primeiro passo em direção a eles. Em questão de segundos, Tuna percebe a ameaça. A estátua de pedra estava se movendo na direção dela! A estátua não tinha uma feição no rosto, mas demonstrava seu intento quando chegou perto dela. Agarrou-a pela cintura e elevou-a acima da cabeça. Rato aplicou um soco na altura do abdômen, mas tudo que conseguiu foi fazer sangrar a própria mão. O ancião estava exultante:

– Se esqueceu de que tenho o poder para criar um Homunculus? O que acha agora? Vai mudar de ideia? Basta uma palavra sua e estarei livre!

Tuna, apesar de estar sendo erguida no ar e pressionada pelos braços musculosos do monstro de pedra, disse calmamente:

– Um Homunculus é uma criatura sustentada por magia negra. Pode ser facilmente subjugada. Romam?

Com um golpe certeiro de seu halo, o anjo atravessa a rocha na altura do peito do homem de pedra. A magia celeste contida na arma do anjo foi o suficiente para quebrar o encanto que mantinha o Homunculus de pé. Em consequência, a estátua começa a se destroçar para desespero do Espírito de Sangue. Os entulhos de pedra rolam pelo chão do salão. Tuna se liberta no ar e pousa sem perder o equilíbrio. Ela olha para o velho à sua frente e diz:

– Você é covarde, Espírito. Você mesmo devia ter se preparado melhor e não um lacaio qualquer. Se não houver mais ameaças, irei embora.

O Limbo

Vendo que o ancião ficara em silêncio, ela se vira em direção à porta. Rato e San Romam a seguem silenciosamente sabendo que ela estava fazendo uma jogada perigosa colocando toda a existência em risco. Mas sem conhecimento disso, o velho começa a sentir uma grande agonia percebendo que havia perdido na negociação. Vendo que eles estavam indo embora, grita:

– Esperem!

Tuna se vira, já com um leve sorriso nos lábios. Ele, observando que foi ouvido, caminha lentamente para o centro do pentagrama para se sentar novamente em seu trono, como se não houvesse mais esperanças de ganhar algo mais, ou tentar outro tipo de ataque. Sentou-se e, levantando o olhar para eles, perguntou:

– O que um velho como eu pode fazer para ajudar grandes seres como vocês?

– Informação. O que aconteceria se o fluxo de almas se interrompesse? E, se acontecer, o que fazer para reverter o processo? – perguntou Tuna ocultando a verdade de que aquilo já estava acontecendo. Não podia deixar Espírito de Sangue saber que o Limbo estava sendo destruído, ou toda a jogada iria cair por terra.

O ancião a olha desconfiado por algum tempo e, finalmente, diz:

– Isso é impossível. O fluxo de almas jamais será interrompido. O que realmente está acontecendo?

Tuna não se embaraçou:

– Obtive informações recentes de que algo ou alguma coisa irá parar esse fluxo. O que fazer se isso acontecer?

– Digo novamente que isso é impossível. As almas sempre vão para algum lugar. O que pode acontecer é que esse fluxo seja redirecionado para outro lugar. Eu só conheço uma criatura capaz disso. Um monstro espiritual que nunca foi despertado, extremamente poderoso.

– Uma única criatura?

– Sim. Ela é capaz de sugar as almas de todos os seres vivos e usar essa energia para aumentar seu tamanho. Nunca descobri a origem de tal ser, mas sei que foi criado como uma arma para catalisar o próprio Apocalipse no fim dos tempos.

***

Tuna, Rato e San Romam ficaram abismados com tal revelação. Jamais podiam acreditar que chegariam a tal ponto. O fim de tudo, tal como era descrito no Livro Sagrado. Tuna tentou conter a euforia da revelação e buscou mais informações:

– Se esta "Criatura" fosse despertada, como fazê-la parar? Como a matamos?

– Se esta criatura fosse despertada, uma grande reação em cadeia começaria a afetar todos os Reinos. Assim que ela começar a se alimentar das almas, fica extremamente difícil de matá-la!

– Mas deve existir um meio! – disse Tuna se amargurando. Rato e o anjo notaram sua visível angústia. O velho olhou para cima tentando se recordar, buscando uma resposta no fundo de sua mente. Finalmente disse:

– Se isso está para acontecer, então o assunto é bem sério. O fim de tudo não é algo com que podemos brincar. Certa vez, em minhas viagens, encontrei a solução para quando esse dia chegasse e o equilíbrio poder ser restaurado. A única solução é fazer a criatura voltar a adormecer...

– Mas?...

– Mas não é nada fácil. Vocês precisariam de certos objetos e elaborar rituais arcanos antigos. Em primeiro lugar, devem ter em mãos um pergaminho que está guardado na grande Biblioteca Central no Reino dos Céus.

– Como acharemos esse pergaminho? Existem milhares nesse lugar! Eu já estive lá uma vez – diz Romam, que até então estava em silêncio. – Tem certeza de que está lá?

– Tenho certeza, pois foi onde o coloquei na única vez em que o li. Eu mesmo já passei um grande tempo nesta Biblioteca. Como acha que sei das coisas? – disse meio irritado com a intromissão do anjo – Esse pergaminho mostra um encantamento para transformar esta criatura espiritual em um ser de carne e osso.

Espírito de Sangue maneja o ar, manipulando várias energias quantitativas, criando uma imagem, mostrando o pergaminho. Tinha a folha amarelada com o tempo e suas extremidades eram presas com dois ossos compridos. Tuna, vendo a imagem em sua frente, levantou os braços tentando alcançá-la, mas ela se desfez no ar revelando o rosto do velho logo atrás, manipulando-a. Ele falou:

– Eu disse que não seria fácil. Esta é apenas uma parte de um todo.

Somente Rato, ainda calado, notou que uma parte do teto da torre estava começando a ruir. Aproximou-se de Tuna e disse em voz baixa, o suficiente para Espírito de Sangue não ouvir:

– Tente se controlar e seja breve. A Tormenta já está aqui.

Tuna compreendeu, se recompôs e foi direta:

– Do que mais precisamos?

– Uma lâmina. Existe somente uma adaga capaz de penetrar no couro da criatura, assim que ela se tornar mortal. É ela que a faz adormecer. Provavelmente deve estar cravada em seu próprio jazigo agora – dizendo isso, formou a imagem no ar, por meio de magia, para que os três pudessem ver a adaga presa a um túmulo cheio de inscrições de proteção na pedra. No centro, um símbolo caracterizando o que ali estava adormecido. Não era muito grande, possuía uma lâmina avermelhada e seu cabo era revestido com diversos espinhos. Em sua extremidade via-se uma fenda como se fosse uma fechadura.

– Mais alguma coisa? – Tuna estava impaciente.

– A última peça deste quebra-cabeças é uma chave mestra. Ela deve ser colocada no cabo da adaga, fazendo a Criatura voltar para o seu lugar de origem – disse ao alterar a imagem da lâmina pela da chave. Parecia ter o formato de um pequeno dragão achatado, preso a uma argola.

– Onde ela está?

– Estou preso aqui há centenas de anos. Não sei ao certo seu local exato, exceto que se encontra na Terra.

– Isso é muito vago... – disse Rato.

O velho olha para ele desconfiado. Ajeita-se no trono e aponta o dedo enrugado para Tuna:

– Eu cumpri a minha parte no trato. Agora cumpra a sua!

Tuna queria fazer mais perguntas, mas também percebeu novas rachaduras na estrutura da torre. Apressando-se avançou para dentro do pentagrama e olhou para Rato:

– Você consegue entrar aqui? Sabe o que fazer?

Rato deu um passo para dentro das linhas do pentagrama e nada aconteceu. Ela não entendia: como um demônio como Rato podia entrar no pentagrama se o próprio pentagrama era para proteger o Espírito de seres infernais? Ele, confiante, disse:

– Você ainda não me conhece direito.

Foi até o velho que se assustou com a ousadia dele:

– Quem é você? O que quer?

– Agora não interessa mais. Vejo que as suas cicatrizes se referem aos níveis infernais. Você conseguiu fechar todas as portas para o Inferno. Realmente, é um trabalho incrível...

O velho não acreditava nos elogios daquele homem. Gritou para Tuna:

– Tuna, o que significa isso?

Rato segura o braço dele com violência, prendendo-o no trono. Com a outra mão ele começa a fazer uma marcação na pele dele. O toque do dedo de Rato cria uma queimação como se fosse um maçarico. O ancião grita de dor. Rato explica:

– O que acontece se eu fizer uma nova marcação, criando assim uma nova porta? Acho que todo este seu trabalho incrível vai para o ralo...

– Maldito! Quem é você? – pergunta Espírito de Sangue com raiva e dor.

Rato o olha dentro de seus olhos:

– Meu nome é Rato.

O velho olha arregalado:

– Rato? O mesmo Rato que...

Nesse momento, o teto da torre se rompe. Os ventos e o barulho ensurdecedor da Tempestade invadem o recinto. Os destroços caem perto de Romam que permanecia atento, fora do círculo do pentagrama.

– É com você, Tuna! – diz Rato, encerrando a nova marcação no braço do Espírito de Sangue.

– Agradeço o que tenha feito por nós – disse Tuna se dirigindo ao velho. – Mas infelizmente não posso deixar que uma única alma escape ao meu julgamento.

– Maldita vagabunda! – blasfemava.

– O tempo para arrependimentos já passou.

Tuna o toca na testa suavemente, apesar da forte ventania. Imediatamente, Espírito de Sangue fica preso ao seu trono. Sua pele havia colado na pedra em que estava. No desespero, tentou se libertar, mas a aderência fazia com que sua pele se rasgasse conforme puxava. Ele implorava, em meio a lágrimas de dor:

– Por favor, eu faço o que você quiser! Não me leve! Piedade!

Tuna não esboçava a menor reação. Seu rosto era frio e sem esperanças. O chão em volta dele começava a rachar e a luz vermelha surgia pelas fendas. Tuna se afastou quando o chão cedeu, fazendo o trono inteiro, cair no abismo infernal. Enquanto o vê cair, San Romam diz:

– São poucos os que são agraciados com a eternidade ao lado do Criador.

– Ainda bem que ganhamos a maioria! – diz Rato.

– Qualidade é melhor que quantidade!

Rato ia soltando um palavrão quando vários destroços voaram em sua direção. Ele e San Romam tentavam se proteger da ventania que a força da Tormenta fazia. Tuna estava radiante, com um brilho, que eles nunca viram nela. Com a alma de Espírito de Sangue indo para o Inferno, ela havia ganhado uma nova carga de energia. Apesar do grande caos ao redor deles, ela permanecia intocada com aquela aura energética em volta dela. Tuna começa a levitar e diz com uma voz que só uma Deusa tem:

– Com o fim de Espírito de Sangue ganhei uma nova carga de energia e com a destruição das paredes do labirinto consigo manipular novamente os portais. Vamos embora, antes que seja tarde demais! Com um movimento dos braços, uma intensa iluminação se fez surgir diante deles. Ela abriu o portal de energia e os três passaram sem dificuldades, deixando a Tempestade terminar de consumir o pouco que restava do Limbo.

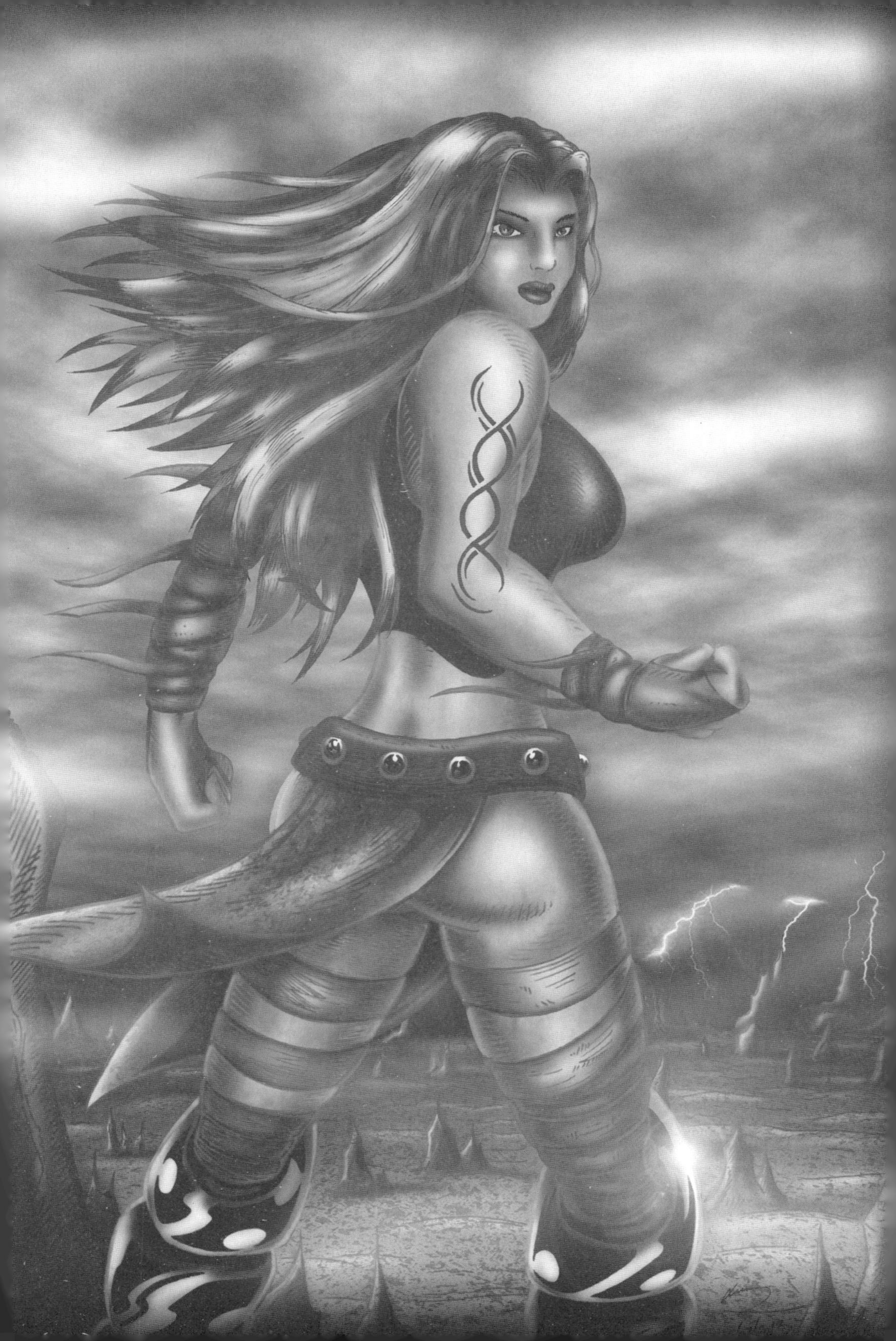

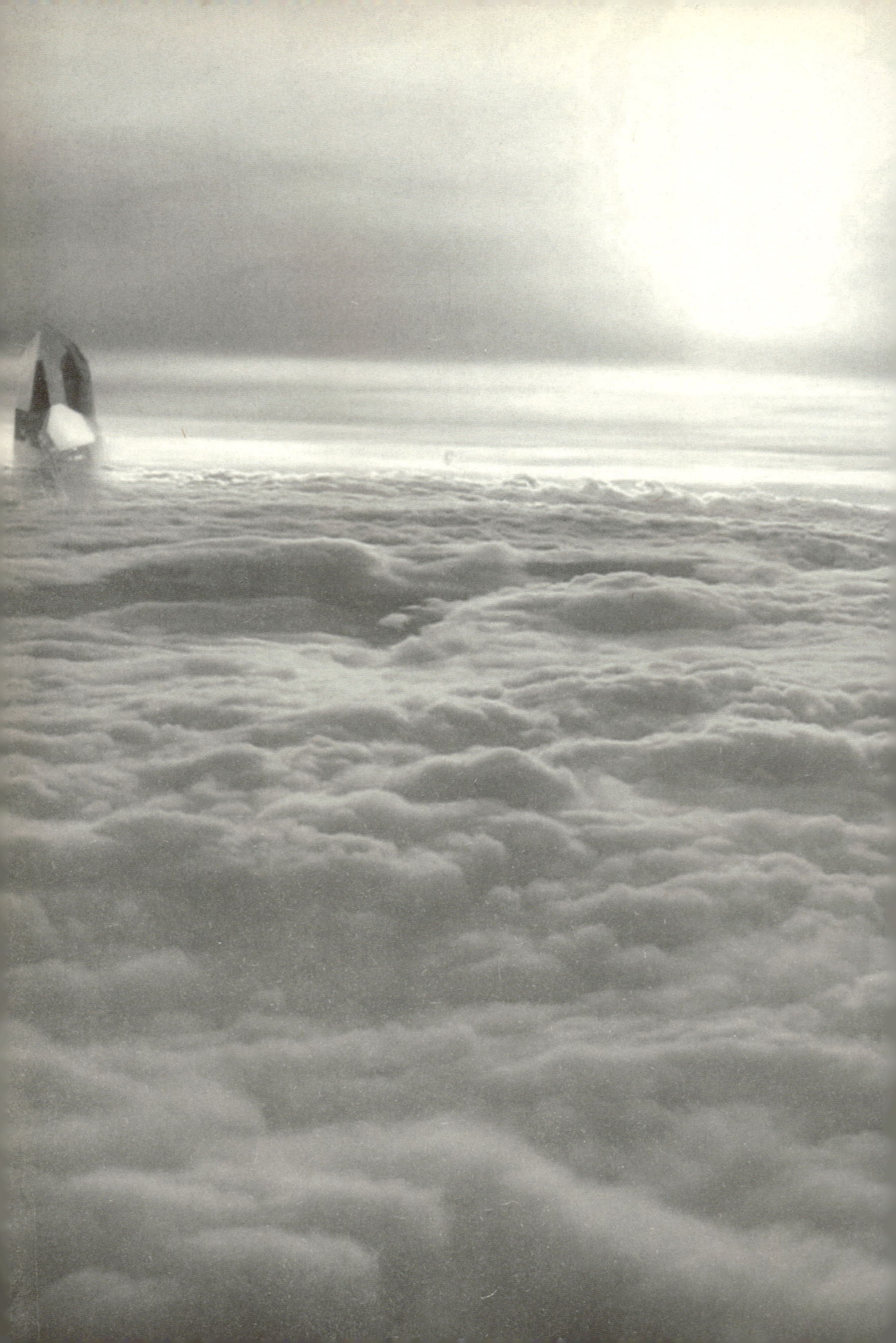

O Céu

PÂNICO

Na Terra, pessoas de todas as partes do mundo entravam em pânico. Depois que a notícia de que cinco cidades haviam sido completamente dizimadas pela estranha nuvem vermelha, elas começaram a perceber que não haveria muita chance de sobrevivência. O exército, com suas armas e mísseis, interveio, causando mais dano físico que a própria anomalia. Era impossível combater algo que se movia como fumaça. Muitos pesquisadores morreram tentando coletar amostras daquele estranho fenômeno. Os poucos que sobreviveram fizeram vários testes para se certificarem contra o que estavam lutando. Não era vírus, não era nenhum componente químico ou alguma praga nanotecnológica. Observaram que a nuvem se movia como se tivesse vida, por vontade própria, com desejo de morte. Incrédulos com o que estava acontecendo e contra o que estavam combatendo, eles começaram a questionar se aquilo era fruto de alguma espécie de ameaça alienígena e começaram a especular sobre alguma invasão terrestre.

Conforme passava de cidade em cidade, consumindo todos, a fumaça aumentava de tamanho, chegando a atingir centenas de quilômetros em comprimento e largura. Uma conferência de cientistas foi convocada, vindos de vários países ao redor do mundo, mas nenhum deles apresentou resultados satisfatórios aos seus líderes. Calcularam que, se a anomalia continuasse a crescer naquela velocidade, cobriria o planeta em menos de três semanas, extinguindo toda a vida na Terra.

Nas ruas de uma das cidades não atingidas, o caos imperava. Vários saques haviam sido feitos em várias lojas a se perder de vista. Pessoas eram pisoteadas na correria, carros e ônibus pegavam fogo atiçado pela insanidade do povo. Muitos moradores abandonavam suas casas apenas com a roupa do corpo. Não sabiam para onde fugir, apenas se distanciavam da nuvem. Desespero era o sentimento dominante. Caos era a palavra-chave que descrevia a crescente destruição.

Todos os aviões e helicópteros que passavam pela nuvem caíam, e todos os seus respectivos ocupantes já estavam mortos antes mesmo de atingirem o chão. Uma grande evacuação foi programada e apenas alguns escolhidos foram chamados. A maior parte dos países mantinha abrigos subterrâneos antinucleares em segredo para que apenas os escolhidos pudessem sobreviver às mais diversas situações de extermínio completo. Um dos países interveio com um ataque nuclear, na tentativa de aniquilar a anomalia, sem efeito significativo. Os *bankers* foram inúteis. Quando os primeiros abrigos começaram a ser preenchidos, mesmo trancados e selados, a nuvem entrava pelos dutos de ventilação, danificando seus filtros, deixando sem vidas, ou esperanças, aqueles que permaneciam lá dentro, achando que iriam sobreviver.

Nas ruas, a multidão corria desenfreada. Em uma das lojas não saqueadas, um televisor à venda na vitrine, ainda ligado, mostrava o noticiário. A repórter que anunciava a notícia estava no meio de uma ventania, tentando se manter na frente da câmera. Ela falava ao microfone:

– Muita destruição – às vezes a imagem era interrompida em virtude das falhas na transmissão – nas diversas partes do mundo... são devastadoras...

Nesse momento a TV mostra a repórter caindo morta com a nuvem vermelha atrás dela. Em seguida, a imagem foca o chão revelando que toda a equipe que realizava a filmagem também estava morta.

PAUSA

Uma brisa suave e tranquila brincava com os longos e vermelhos cabelos de Tuna. Ela abriu os olhos e contemplou uma paisagem totalmente nova para ela. Flocos de nuvens brancas acariciavam sua perna na altura do joelho. Em uma parte do horizonte, o Sol iluminava radiante, fazendo-a cerrar os olhos por causa da intensidade da luz. Não havia montanhas e o céu era dourado. Ao longe algumas construções grandiosas e belíssimas, parecendo cristais, emergiam do solo. Tuna não conseguia ver seus pés, pois as nuvens cobriam o chão deixando-o macio e agradável de ser caminhado. Ela não sentiu um único grão de areia no ar, indicando que ali o ambiente era purificado, diferentemente do clima seco do Limbo que tanto amava. Às vezes até fragrâncias de flores chegavam ao seu olfato, revelando que aquele era um agradável lugar para se ficar.

San Romam veio logo em seguida. Assim que pisou macio na nuvem sob seus pés, ele soube que havia voltado para casa. Na mesma hora, seus ferimentos se curaram e sua energia dobrava de intensidade, indicada pelo halo girando sobre sua cabeça. Sorrindo, ele diz para Tuna:

– Bem-vinda ao meu lar!

– Agradeço. É um belo lugar, mas um pouco claro demais além do que estou acostumada. O brilho do Sol quase me cega! Sinto falta da areia do meu deserto.

— Não se preocupe, você se acostuma. Aqui, neste lugar sagrado, nada pode te machucar, a não ser os próprios anjos, se ameaçados.

— Sei de alguém que não vai se acostumar e até vai xingar...

Rato é o último a passar pelo portal de Tuna, que se desfaz nas brisas do Céu. Assim que o portal se fecha, ele olha em volta e se depara com o brilho forte do Sol. Rugi de dor e cobre o rosto com o braço. Ao mesmo tempo sente a maciez sob seus pés e o silêncio do lugar, diferentemente do barulho da Tempestade que atormentava o Limbo. Ainda cobrindo o rosto, se ajoelhou enfraquecido e fechando os punhos de ódio, começou a reclamar:

— Puta que pariu! Eu não sabia que vínhamos para cá! Malditos ancestrais do Inferno! Não pensei que voltaria para este lugar novamente! Com mil demônios paridos do ventre maldito, Tuna, você não podia me foder melhor!

— Nós temos de passar por aqui, Rato. Não ouviu Espírito de Sangue? Precisamos achar o pergaminho antes que a Tormenta do Fim termine com este Reino também.

— Isso é inevitável! Por que não me enviou para o Inferno para poder me recuperar? Olha o pluminha como está novinho em folha!

— Eu sei, mas não quero que nos separemos mais. Além do fato de estar enfraquecida e não poder criar mais tantos portais assim, a experiência no labirinto foi agoniante. Pelo menos, ganhamos algum tempo. A anomalia ainda não chegou a esta parte do Céu. Vamos descansar.

— Descansar? Quanto mais tempo passar neste lugar, mais eu vou ficando mole, que nem esse viado de asas! – disse Rato apontando para o anjo.

San Romam começa a avançar para ele, mas nota que Tuna fazia um sinal com a cabeça, desaprovando. Ela diz:

— Vamos ficar um tempo aqui e recuperar as forças. Você, Rato, me deve algumas explicações.

— Não devo porra nenhuma. Mas como tenho consideração por você, verei o que posso fazer!

— Então pode começar me dizendo como foi que você conseguiu chegar até a torre do Espírito antes de nós!

– Há! Isso? Foi fácil... quando o pluminha fugiu da luta...

– Maldito! Eu o teria matado ali mesmo, se o labirinto não nos separasse! – gritou Romam tentando avançar para ele, com Tuna lhe segurando. Rato não deu importância e continuou:

– Como estava dizendo, quando o "pluminha" fugiu – disse olhando para o anjo – acabei ficando sozinho. Foi aí que tive a ideia de raspar as inscrições nas paredes. Deu trabalho apagar todas as inscrições, mas foi o suficiente para eu poder criar um portal que me levou direto para a torre.

– Você raspou a pedra? – disse Tuna não acreditando.

– Usei outro pedaço de pedra que encontrei no caminho, e as paredes eram velhas, não foi difícil, apenas trabalhoso. Assim que eu apaguei uma grande parte das inscrições, meus poderes voltaram.

– Você abriu um portal?

– Não é a minha especialidade, mas eu consigo.

– Por que não nos disse antes? Demônios não têm poderes...

– Eu já disse que você não me conhecia... ainda – disse Rato com um olhar em chamas. Tuna desviou o olhar, pensativa. San Romam tinha uma pergunta:

– Eu percebi que você e Espírito de Sangue já haviam se encontrado antes. Como aconteceu?

Antes que Rato soltasse um palavrão, Tuna interveio também questionando:

– E como você entrou naquele pentagrama se ele o protegia de seres como você?!

Rato olha para os dois como se não tivesse alternativa. Respira fundo demonstrando estar sem paciência e diz:

– Espírito de Sangue já havia estado nos Reinos antes quando ele estava vivo. Quando ele "visitou" o Inferno, eu o conheci. Estava tentando arrumar um jeito de ser protegido daquele lugar quando morresse e pediu minha ajuda. Na época, eu tinha uma aparência diferente, por isso ele não me reconheceu na torre. Negociei um acordo de que ele me passasse grande parte do seu conhecimento. Em troca, eu o ajudaria a não ir para o Inferno.

– Foi você que lhe ensinou a fazer aquelas inscrições na alma! Por isso você conseguiu desfazer o trabalho dele! Ele confiou em você!... – Romam não acreditava.

– Por isso o pentagrama dele não funcionou comigo. Era um merda e tenho certeza de que todos aqui concordam que o lugar dele é lá embaixo!

Tuna concordava, pois jamais havia sido ludibriada por uma alma como a dele. San Romam também concordava pelo simples motivo de seus pecados. Rato não se lamentava:

– Nada ou ninguém consegue escapar ao seu destino. Mais cedo ou mais tarde, todos nós temos que passar pelo julgamento e pagar pelos nossos erros. – Respirou profundamente e disse: – Quanto tempo vamos ficar aqui? Não vou aguentar muito este "clima".

– Sou obrigado a concordar com ele quanto ao tempo – diz Romam – logo a Tempestade chegará a este plano destruindo tudo que encontra.

Tuna olha para cima e sente uma profunda agonia quando seus poderes se esvaem do seu corpo. Ela se ajoelha e não consegue conter que uma lágrima escorra em seu rosto. Ela havia sentido, no fundo de seu coração, que o Limbo estava completamente extinto. Seu livro, o Livro do Limbo, que lá estava guardado, com todos os seus ensinamentos, com milênios de conhecimentos, havia se perdido para sempre. San Romam percebe o que está acontecendo:

– O Limbo...

Tuna se levanta e olha sério para os dois:

– O Limbo se foi completamente. Não existe mais. A reação será mais rápida agora no Céu e no Inferno. Meus poderes estão no limite. Acredito que só terei forças para abrir mais um portal. Depois, mais nada. Temos de nos apressar.

Foi quando vários anjos surgiram do chão através das nuvens armados com lanças espirituais cercando os três protagonistas. Rato ficou apreensivo. Ele sabia que era um intruso ali. Cercados e assustados, um dos anjos aponta a lança para eles, se aproxima ameaçando e diz:

– Alto lá! Vocês invadiram o Reino dos Céus e não são bem-vindos aqui!

Rato se prepara para a luta, mas San Romam balança a cabeça para ele indicando que essa não era a atitude certa. Rato consente sabendo que numa disputa iria perder facilmente. Ele estava todo ferido e, naquele Reino, totalmente fora de seu ambiente, não tinha muitos poderes. A Trindade estava nas mãos dos anjos guerreiros que não pareciam amigáveis diante daquela intromissão.

A Hierarquia Angelical

Existiam milhares de anjos no Reino dos Céus. Desde a Grande Guerra nos Céus, os anjos passaram a adotar a rotina de treinamento em suas existências definindo assim grandes guerreiros celestiais, criando uma hierarquia que era obedecida com rigor.

As poucas almas que chegavam ao Céu, após terem passado pela prova de fogo da vida na Terra e pelo justo julgamento da Rainha do Limbo, eram encaminhadas por outros anjos a se adaptarem ao novo estilo de vida no Reino dos Céus. Alguns permaneciam em paz, tentando encontrar a própria felicidade a seu modo. Outros rapidamente se adaptavam e escolhiam seu caminho dentro da sociedade angelical. Cada um era definido pelo diâmetro de sua auréola angelical, ou halo, indicando o quanto seu portador havia se elevado nos diferentes degraus do Reino.

Os anjos que formavam a base desta sociedade eram os soldados ou querubins. Simples peões, eles eram treinados nas mais diversas artes de luta e aprendiam a usar todos os tipos de armas. A lança espiritual, cuja ponta continha uma lâmina afiada, era a principal delas. Poucos se apegavam a foices, escudos laminados, cetros, armas de energia celestial... a lista do arsenal era vasta. Vestiam simples armaduras que cobriam apenas o peitoral, junto com uma toga cobrindo os quadris. A maioria deles era guerreira, mas existiam aqueles que se especializavam em várias modalidades como os curandeiros, os dominadores de voo, lutas corporais, jogos e estratégia, e outras.

Em sua totalidade, eram milhares de anjos, mas, apesar de parecer muito, não era nada comparado ao número que o exército do Inferno possuía.

Acima deles existiam os Guerreiros ou Dominadores. Líderes dos soldados, eram eles que comandavam os exércitos e os treinavam para a Guerra. Dominavam a arte da manipulação de energia de suas auréolas usando-as como potentes armas de combate. Podiam ser arremessadas, e tudo que era atingido cortava facilmente, como se fosse uma lâmina afiada. Diferentemente dos soldados, eles aprendiam a usar suas asas como uma extensão de seus corpos em diversas modalidades de combate. Alguns deles desenvolviam um segundo par de asas em suas costas a fim de se movimentarem com mais rapidez. Esse tipo de guerreiro era difícil de encontrar, pois necessitava de grande energia para comandar quatro asas. Além da armadura, eles vestiam um par de braceletes de ouro que usavam como escudo. A quantidade de anjos nesse nível da hierarquia era bem reduzida. Apenas algumas dezenas se destacavam. Entre eles, os nomes mais conhecidos são Meneghel, San Uriel, Astrea, Ariel, Seraphis, Virgo, San Bekalel, San Azael e todos os anjos do clã do Sétimo Raio.

Era nesse patamar que San Romam se encontrava quando foi enviado para a missão de ajudar Tuna a mando de seu pai e Arcanjo superior, San Miguel. Romam havia se tornado um dos melhores guerreiros do Reino, pronto para se elevar na hierarquia angelical. Ele estava pronto para se tornar um Serafim, quando seu pai disse que faltava uma tarefa para finalizar sua ascensão. Quando San Miguel ficou sabendo do apelo de Tuna por San Gabriel, sem hesitar, anunciou aos outros Arcanjos que enviaria seu filho. Todos assentiram com a cabeça, pois sabiam de suas qualidades como guerreiro. Se ele voltasse de sua missão bem-sucedido, a ascensão para Arcanjo estaria concretizada.

Dos milhares de anjos que existiam, apenas algumas dezenas conseguiam se tornar Arcanjos ou Serafins. E apenas três deles eram escolhidos por Deus para liderarem o Reino dos Céus sob suas ordens. A Grande Trindade Celestial. Eles eram detentores de sabedoria, força, imortalidade, experiência e grandes poderes. Tornavam-se maiores e ocultavam suas asas, membros indispensáveis, quando atingissem a superioridade numa batalha. Eles só eram destituídos de seus cargos quando Ele assim ordenasse. Desde os primórdios dos tempos, San Gabriel era o maior Serafim que já existira, seguido de San Raphael, o Grande Comandante dos exércitos angelicais, mestre no combate, e San Miguel, pai e treinador de San Romam que, apesar da calma que possuía, era um grande negociador, curandeiro e guerreiro. Cuidava da parte diplomática do Reino.

A esses grandes guerreiros, o Todo-Poderoso forjou sete espadas sagradas. Sete nodachis, assim como eram chamadas. Elas tinham o comprimento de dois metros aproximadamente. Eram curvas e seus cabos tinham a mesma medida que a lâmina, cuja liga metálica era elaborada pelo próprio Deus, tornando-as mortíferas e resistentes. Seus nomes eram: Hanareck, Cuttbek, Alamak, Achnock, Kratus, Sepulth e Irik. A nodachi Achnock foi destinada a San Gabriel. Cuttbek e Hanareck pertencem a San Raphael e San Miguel, respectivamente. Kratus foi roubada por Lúcifer e destruída na Grande Guerra dos Céus. Alamak, Sepulth e Irik são conservadas no Grande Arsenal do Reino dos Céus, sobre forte guarda, até o dia em que forem concebidas as graças de suas empunhaduras. E somente Ele poderia tomar tal decisão.

O objetivo de San Romam era chegar ao topo, ao lado do Deus único, se necessário tomar o posto de San Gabriel, não importando os riscos ou as necessidades. Era isso que ele estava pensando no momento em que se viu cercado por seus companheiros de luta.

PRISIONEIROS

San Romam observou o estandarte preso a uma das lanças de um dos soldados. Lá estava escrito a forma enoquiana:

"Clã Azael Terceiro Raio Celestial. Honrando até a morte."

Romam reconheceu um antigo destacamento no exército celestial. Levantou os braços em posição de defesa e disse:

– Sou o Dominador San Romam. Soldado descendente do grande Arcanjo San Miguel, terceiro no comando do reino. Por que a hostilidade em minha própria casa?

O anjo líder vestia uma armadura prateada, igual à de Romam, era mais alto e mais forte que os outros e sua auréola indicava que havia um grande senso de responsabilidade. Tinha os cabelos e os olhos castanhos como a cor de uma semente de romeira. Suas técnicas de luta eram demonstradas pela posição de ataque que desempenhava naquele momento. Sem baixar sua guarda, ele olhava para Rato:

– Temos ordens de não deixar ninguém entrar no Reino, Altíssimo. Esta criatura com vocês nem deveria estar aqui! – disse com revelador desprezo.

Rato olha com fúria para aquele anjo. Seu caráter o impedia de deixar qualquer um falar assim com ele. Disse:

– Eu e você apenas e veremos o quanto eu não deveria estar aqui! – dizendo isso conseguiu se desviar da lança que estava apontada para ele e aplicou um forte golpe no rosto do anjo líder. Rapidamente, o anjo se recuperou e trespassou sua arma no ombro esquerdo de Rato. O sangue do demônio esguichou no rosto celeste de Azael. Todos os outros anjos ao redor se alarmaram. Alguns deles nunca viram a audácia dos seres infernais e ficaram surpresos. Apesar de todos possuírem treinamento de combate, enfrentar o inimigo frente a frente era uma experiência totalmente nova. Rato se ajoelhou e encarou o anjo. Apesar do ódio que sentia, ele havia percebido que não estava em seu ambiente, tinha sido ferido na luta com San Romam e agora esse novo ferimento no ombro o impedia de conseguir continuar o combate. Tuna ficou apreensiva com a situação dele. Cercados, eles não tinham muitas opções.

– Calma vocês dois – interveio Romam se dirigindo ao anjo. – Em respeito às normas de meu lar, peço que nos leve ao Grande Palácio para falarmos com meu tutor.

O anjo puxou bruscamente a lança do ombro de Rato e sem tirar os olhos de Romam alertou:

– Contrariando minhas ordens de eliminá-los, tenho de ponderar esta questão. Posso levá-los até lá, mas tenho que amarrá-los antes.

Rato avança para o anjo dizendo: – Nem fudend... – mas é segurado por outros soldados, amarrado e amordaçado. Sua pele queimava com o toque deles. San Romam e Tuna apenas ficaram observando. Romam juntou os punhos e disse:

– Faça o que tenha de fazer, mas por favor, seja breve. Não temos muito tempo.

Após serem amarrados por fitas celestiais, acessórios indispensáveis em uma vestimenta angelical, Tuna, Romam e Rato foram escoltados por meio de uma fenda nas nuvens representando um caminho direto para o centro do Reino, local onde habitava todos os grandes celestes do Céu. Cercados pelos soldados-anjos, eles não tinham escapatória. No caminho, Rato sempre tentava falar alguma coisa, mas a mordaça o impedia, deixando-o furioso. Tuna, que andava ao seu lado, conversou com ele:

— Se continuar agindo deste jeito é pior para você. Se só a sua vida, se é que pode chamar isso de vida, dependesse de seus modos, não me importaria de vê-lo morrer nas mãos desses anjos! Lembre-se: são todos os Reinos que dependem do que estamos fazendo. Sei que não são costumes dos demônios, mas... comporte-se!

Rato apenas olhou para ela e não tentou dizer mais nada. Sabia que ela estava com a razão e foi obrigado a engolir o próprio orgulho. Romam começou a conversar com o líder da escolta, o anjo que apunhalara Rato no ombro:

— Você está fazendo um ótimo trabalho. Talvez eu consiga que você faça parte no meu próprio exército um dia. Qual sua designação?

— Sou San Azael, Altíssimo. Sou comandante do terceiro batalhão do Arcanjo San Raphael.

— Eu conheço o Clã do Terceiro Raio. Raphael é um grande Arcanjo. Já o enfrentei em combate uma vez e fui derrotado. Nós treinávamos juntos logo após a Grande Guerra.

— Ele é um grande guerreiro. Ninguém até hoje o derrotou. Nós temos muito orgulho dele!

— Mas me diga: por que vocês estão recebendo estas ordens de alerta?

— Além de que há algum tempo deixamos de receber novas almas, um estranho fenômeno começou a se formar nos limites do Reino — Tuna, Romam e Rato se entreolharam. — San Gabriel ordenou total isolamento do Céu. Nós temos ordens de não deixar ninguém entrar. Somente consenti vocês, pois ele não havia mencionado a barragem de algum semelhante.

— E eu agradeço. Tenho certeza de que será bem recompensado.

Continuaram andando por um bom tempo. Conforme andavam, eles notaram a aproximação de alicerces em forma de cristais. O brilho do Sol reluzia nas paredes das construções deixando-as belas. Várias colunas de cristais se erguiam do chão protegido pelas nuvens. O caminho que seguiam estava agora repleto de detalhes que agradavam aos olhos. Uma leve música se podia ouvir no ar e as fragrâncias se tornavam mais fortes. Tuna perguntou:

– É aqui que você mora, Romam?

– Faz muito tempo que não venho até aqui. Geralmente fico na fortaleza de meu pai, treinando – apontou para uma enorme mansão –, ali é a Grande Biblioteca Central. É lá que encontraremos nosso pergaminho.

– Se esses guardas nos deixassem ir...

– Temos que falar com o Arcanjo. É ele quem permite nossa estadia aqui.

Rato apenas olhava a seu redor e sentia uma grande agonia. No estado em que estava, podia encontrar seu fim ali naquele lugar. Os anjos que os escoltavam notavam o sangue pingando de seu rosto e ombro, manchando desagradavelmente o solo sagrado do Céu. Continuaram caminhando por algum tempo e chegaram a uma grande escadaria que levava às portas de entrada do Palácio de San Gabriel. Havia quatro anjos porteiros de prontidão, dois de cada lado da escada. Um deles se aproximou:

– A que devo a honra, Comandante San Azael?

– Trago esses prisioneiros para uma conferência com o Altíssimo.

– Prisioneiros? Em tempos como estes? – ele olha para Rato, todo ferido, amarrado e amordaçado. – E este maldito? Por que não foi eliminado? Ele mancha nosso sagrado solo com sua imunda presença!

– Eu conheço você, San Khan. Sei que é um bom anjo – disse Romam. – Por favor, este maldito está conosco e precisamos falar urgentemente com a Ordem Angelical.

– San Romam! Conheço sua invejável reputação. Espero que traga boas notícias. A situação por aqui anda muito incomum – olhou para Azael procurando consentimento e abrindo caminho para eles, diz: – Podem passar, mas não esperem boas acolhidas. Os Altíssimos não estão de bom humor hoje.

A escolta do Clã Terceiro Raio passa a subir as escadas, ainda mantendo os três presos sob suas armas celestiais. Eles observaram que as portas eram feitas de ouro e seus batentes mostravam entalhes da hierarquia angelical. O Palácio possuía uma grande cúpula redonda envolta de vários fragmentos cristalizados. Acima desta cúpula, três torres se erguiam cujos topos continham halos de grande energia celestial, indicando que ali eram de fato as acomodações dos grandes Reis do Reino dos Céus. As portas se abriram para poderem passar e chegaram a um enorme salão com várias imagens pintadas nas paredes e no teto como se fosse uma antiga igreja. Atravessaram o grande salão e pararam diante de um conjunto de três tronos, sendo o central maior que os dois de cada lado. A escolta parou e Azael chamou pelo Arcanjo. Em suas cabeças, todos ouviram a resposta por detrás deles. O susto foi inevitável. Ele tinha três metros de altura e vestia uma única túnica acinzentada. Não tinha asas e sua auréola era maior que o diâmetro de seu corpo. Uma aura branca iluminava o contorno de todo seu corpo, indicando uma grande energia benévola. Não possuía um rosto definido, apenas o contorno de sua face era visto. Uma máscara de ouro cobria apenas parte de sua mandíbula ocultando o local onde deveria haver uma boca. Em uma das mãos, carregava Hanarek, a espada no estilo nodachi, fiel e inseparável em tempos de guerra. Ela estava presa a sua cintura por trás da túnica. Calmamente, ele diz através dos pensamentos para que todos ouvissem:

– Estou aqui, Comandante Azael. Quem são essas pessoas?

O anjo, líder da escolta, ficou em posição de sentido em respeito e disse:

– Este é San Romam, Altíssimo. Descendente do Grande Arcanjo San Miguel.

– Sim, eu o conheço. Apenas não o reconheci de imediato, uma vez que faz tempo que não nos vemos. Peço humildes desculpas. Podem soltá-lo!

San Romam consentiu baixando a cabeça e deixou tirarem as amarras. Gabriel se voltou para Tuna, surpreendendo-se com tamanha beleza, apesar dos arranhões e machucados que ainda estavam visíveis, sofridos no labirinto:

– Deus sabe o que faz! Como se chama minha pequena beldade?

Tuna não gostou muito de ser chamada de pequena, mas tinha de reconhecer que seus dois metros de altura não eram nada comparados aos três metros do Arcanjo. Ainda amarrada, ela responde:

– Quem sou eu? Senhora dos julgamentos, detentora do destino de todas as almas do Universo, formada pela própria mão do Deus único desde o início da criação dos Reinos. Sou a Grande Deusa Tuna, Rainha do Limbo!

– Pelo Pai! Finalmente nos conhecemos! Novamente peço desculpas, estamos passando por uma grande dificuldade no momento. Se estiver acompanhada de San Romam, tenho certeza de que o meu dever é estender a cordialidade dada a ele! – Dirigindo se aos guardas, diz: – Podem soltá-la!

Tuna estendeu os punhos amarrados e viu-se liberta. Assim que se soltou, olhou para Rato imaginando que sua libertação não seria tão fácil assim. E foi nisso que Gabriel pensou quando apenas olhou para aquele pequeno homem:

– Infelizmente não posso fazer o mesmo com este... ser. – Ordenou aos guardas: – Tirem sua mordaça apenas. Ele tem o direito de falar!

Um dos guardas, em um movimento rápido de sua lança, arranhou o rosto do demônio, partindo o pano usado para deixá-lo calado. Rato olhou para cima encarando Gabriel e nada disse. Seu sangue escorria pelo rosto indo parar no chão sagrado do Palácio. Gabriel se aproximou de seu trono central e sentou-se. Disse na cabeça de San Azael:

– Azael, eu o perdoarei, pois agiu com o coração ao ver um de nossos semelhantes entrar no Reino. Mas a ordem permanece.

– Sim, Altíssimo. Fico agradecido!

San Gabriel olhou para Romam, Tuna e o demônio.

– É lamentável que um grande anjo como você, San Romam, e a grande Deusa do outro Reino andem com um verme destes. Conhecem a escritura: "Digam-me com que andas e te direi quem és?"

Romam se aproximou do trono onde ele estava e começou a explicar:

— Desculpe-me, Altíssimo. Mas nosso tempo é curto! Precisamos de ajuda. Vou passar a palavra para a pessoa que nos convocou. Tuna?

Ela se aproximou e tentou demonstrar o mesmo respeito que Romam:

— Grande Serafim do Reino dos Céus, venho até aqui a pedido Dele para acabar com esta estranha anomalia que vem assolando nossos Reinos. Meu Reino, Limbo, não existe mais. Em desespero conseguimos encontrar uma solução, mas precisamos de um pergaminho antigo que resolverá grande parte dos problemas.

Gabriel ficou um pouco ressentido com o fato de que Deus havia falado com ela:

— Ele falou com você? Ele não fala com mais ninguém! — disse desconfiado.

— Eu o chamei. Não tive escolha. Precisava de ajuda. Por isso Romam e Rato — apontando para o demônio — estão comigo. Eles foram enviados a mim como representantes de cada Reino.

— Sim. Eu informei a San Miguel seu pedido de ajuda e ele sugeriu seu melhor guerreiro. Romam. Mas ainda acho estranho eu não saber sobre sua relação com o Todo-Poderoso. Eu confio Nele, pois sabe o que faz. Os anjos possuem uma grande vontade de lhe obedecer, apesar de terem suas próprias regras.

Ele olha para Rato e diz:

— E agora, vocês querem acesso à Biblioteca Central? Não vejo problemas. Mas... entendam, não posso deixá-lo passar — e aponta para Rato.

— Rato nos ajudou a conseguir tais informações. Precisamos dele.

Gabriel ficou pensativo. Nesse momento, entram no salão dois outros Arcanjos, San Raphael e San Miguel. Eles eram muito parecidos com Gabriel, altos e sem asas. Suas feições também eram muito semelhantes, mas os desenhos das máscaras que usavam eram diferentes entre si. San Miguel carregava a nodachi Achnock e San Raphael tinha como aliada a afiadíssima Cuttbek. San Romam, ao ver seu pai, imediatamente se ajoelha diante dele. Azael faz o mesmo quando vê seu superior, o Arcanjo Raphael. Tuna e Rato permanecem em pé. Os Arcanjos observam em silêncio e se sentam ao lado de Gabriel. Miguel diz, por intermédio dos pensamentos:

– Meu filho! Pode se levantar! Estou ansioso pelo resultado de sua missão no Limbo!

– Ela ainda não terminou, meu Senhor! – diz Romam se levantando.

Gabriel também transmite seus pensamentos para que todos entendam:

– Eles dizem que têm a solução para as ocorrências nos limites do Reino.

– Isso é ótimo! – diz Raphael com uma voz estrondosa que deixa todas as mentes aturdidas – Mas não explica o que este inimigo faz aqui no Palácio! – apontando para Rato com óbvio desprezo.

– Tuna, a Deusa do Limbo – Gabriel apontou para ela – disse que é um representante do Inferno eleito para ajudá-la em busca da solução dos nossos problemas mútuos.

Os dois Arcanjos se entreolham e San Raphael diz:

– Eu o aconselho, Gabriel, toda a ajuda é necessária. Nossos Reinos estão sendo extintos por algo que não entendemos e não temos opção. Mas para isso não é necessário o outro lado. Eu voto para que este ser imundo seja eliminado para sempre, como o inimigo que é.

– Também concordo – diz San Miguel – não precisamos deste tipo de ajuda. Dê a Tuna e a meu filho aquilo de que eles necessitam e deixe o pequeno demônio conosco.

Rato mantinha seu olhar furioso e em silêncio aguardando o encontro com seu destino. Ele não tinha medo de morrer, o que era uma alta probabilidade.

– Concordo – diz San Romam, olhando para Rato.

– Não! – grita Tuna se colocando na frente de Rato protegendo-o. – Ele já me ajudou, tem personalidade duvidosa, um caráter horrível, mas tenho certeza de que vai me ajudar novamente! Se quiserem que eu os ajude a restaurar o equilíbrio, deixe-nos continuar ou todos nós pereceremos.

Todos ficam alarmados. Romam se espanta com a declaração de Tuna e diz:

– Não entendo o que você vê neste verme, mas o que você decidir está bom para mim.

Os três Arcanjos se levantam colocando um fim à discussão. Gabriel tem a palavra final:

– Vamos deixá-lo se provar digno de andar junto a um anjo. Ou a uma Deusa...

– O que propõe? – pergunta Tuna.

– Um duelo até a morte.

Rato levanta o olhar sério para o Arcanjo, mas continua mudo. Tuna olha para Rato e diz para Gabriel:

– Ele não pode lutar. Está todo machucado e não terá chances contra nenhum de vocês!

– Temos de seguir nossas próprias regras. Não podemos permitir que um inimigo declarado passe por nós sem a nossa permissão. Isso é humilhação! Ou ele luta para sobreviver e ganhar o nosso respeito, ou vocês podem continuar a jornada sem ele. O que decidirá?

Tuna olha novamente para Rato. Não havia alternativa. Não queria submetê-lo a isso no estado em que se encontrava. Ele havia lutado inutilmente com Romam no labirinto e o resultado estava visivelmente em seu rosto. Além do fato de que havia sido ferido gravemente no ombro por San Azael há alguns instantes. San Romam, vendo sua indecisão, se adiantou:

– Eu concordo. Se ele sobreviver... – olhou sério para Rato – ganhará o meu respeito. Já lutei com ele antes e posso dizer que não terá a mínima chance! Posso me oferecer...

– Ele lutará com San Azael – disse Raphael se antecipando à oferenda de Romam. – Um de meus melhores Comandantes!

Azael olha para Rato já se deliciando com a futura vitória:

– Será uma honra!

Rato esboça um leve sorriso em meio ao rosto sangrando, caminha com dificuldade até ele e diz:

– *"Eu e você apenas e veremos o quanto eu não deveria estar aqui!"*

Azael apenas o olhou com fúria. Não conhecia seu adversário, mas aquilo foi um sinal de que deveria tomar cuidado. Rato se afasta e fica em posição, apesar de estar amarrado pelos pulsos.

San Miguel olhou para Romam e perguntou:

– Filho, por que este "Rato" ainda está vivo se já lutou com você?

Romam pensou rápido para não se sentir embaraçado ou envergonhado diante do pai, seu treinador, e disse uma verdade distorcida:

– Fomos interrompidos. Quando fui desferir o golpe final, fomos separados.

– Então, sua honra ainda permanece – disse colocando sua mão sobre o ombro do filho. Olhando para todos os presentes, disse: – Preparem-se!

Os soldados de San Azael formaram um grande círculo no salão do Palácio. Em seu centro, os dois lutadores se preparam. Tuna foi até Rato e o libertou das amarras, sem perguntar se podia fazer isso. Era uma líder e jamais permitiria que a injustiça tomasse algum partido. Ela disse em voz baixa para ele:

– Desculpe. Não havia alternativa.

– Eu sei, mas não se preocupe comigo. Se eu não sobreviver, continue com sua missão. É o certo a se fazer...

Tuna o afagou no rosto ensanguentado. Rato se surpreendeu e olhou dentro de seus olhos. Estaria imaginando uma repentina chama entre eles? Tuna logo diz:

– Não queria que acabasse assim...

– Quem disse que acabou?

Rato deixa Tuna e se dirige para o centro do círculo, pronto para a batalha. Tuna volta para o lado de San Romam e perto dos Arcanjos. Ela olha para San Gabriel e diz:

– Por favor, não há outro meio?

Gabriel a olha com ternura, mas depois diz com frieza no rosto:

– Não é exatamente este o tipo de súplica que as almas fazem a você quando as manda para o Inferno?

Tuna arregala os olhos vendo que ele estava certo. Naquele momento, após tantas eras, ela começou a compreender como era realmente seu trabalho no Limbo. Não que isso importasse muito, agora que o Limbo não existia mais. Mas sabia que se tudo voltasse ao normal, jamais faria um julgamento como os que fazia antes. Sem dizer mais nada, San Gabriel estende a mão para o alto e diz para todos:

– Comecem!

O silêncio toma conta do salão. Por um momento, todos ficam imóveis esperando pelo primeiro movimento. O Dominador analisa seu oponente e percebe que tem a vantagem do ferimento no ombro do demônio feito por ele mesmo algum tempo atrás. Azael avança rapidamente com sua lança enquanto Rato permanece imóvel, esperando pelo ataque, sem esboçar nenhuma reação. O anjo ganha velocidade, pois suas asas são grandes e fortes. Ele ataca diretamente o corpo de Rato que consegue desviar a tempo. Vendo a agilidade de seu oponente, Rato não consegue evitar o segundo golpe da lança, que o acerta na cabeça. Com a força de um bate-estaca, Azael atira Rato no chão e diz, enquanto jogava os pedaços da lança partida no chão:

– Você teve sorte de não atingi-lo com a parte perfurante da lança.

Rato não diz nada, se levanta e olha sério para Azael. Este, ataca com fúria, usando a mesma tática direta com a lança, mirando o corpo do oponente. Rato já esperando isso, desviou no momento certo, conseguindo tomar a lança do anjo. Azael, vendo que foi ludibriado, virou-se e viu Rato quebrando a lança no meio com o joelho. Com um brilho vermelho no olhar, ele diz:

– Vai continuar brincando com varetas ou vai lutar de verdade?

Azael era um anjo guerreiro bastante orgulhoso. Um grande anjo Dominador. Com bastante agilidade, avançou e saltou por cima dele acertando-o pelas costas com suas asas. Com um novo golpe no rosto, Rato é arremessado no ar e, antes que pudesse chegar ao chão, ele é golpeado novamente no ar. Caído e todo ferido, Rato tenta se levantar, mas é violentamente chutado por Azael. Tuna sente um frio em seu estômago enquanto apertava o braço de San Romam em agonia pelo massacre que Rato estava sofrendo. Os Arcanjos não esboçavam a menor reação. Apenas analisavam cada golpe, estudando o estilo de luta de seu inimigo.

Rato não reagia mais. Para finalizar, Azael deu um grande soco em seu rosto. Olhou para Rato e viu que ele não se movia. Ele jazia inerte no chão de nuvens do grande salão. Voltou-se para os Arcanjos e levantou o braço direito indicando vitória. Os Arcanjos consentiram balançando a cabeça em tom de aprovação. Tuna olhou para o corpo estendido de Rato e encostou seu rosto no ombro de Romam, procurando consolo. Foi quando viu um mínimo movimento no braço de Rato pegando furtivamente o pedaço da lança partida do anjo, sem que ninguém percebesse.

Azael já estava saindo do círculo, quando ouviu a voz atrás dele:
– Ei, pluminha... ainda não acabamos!

O anjo se virou e mal podia acreditar no que via: Rato estava tentando ficar de pé, parecendo uma espécie de morto-vivo, se segurando para não cair e com o rosto todo ensanguentado, quase desfigurado. Ele se recompôs, ficou em posição de luta e disse:
– Me disseram... que este combate era até a morte...

Azael não aceitou a humilhação. De onde estava deu um salto e levantou voo, ganhando altitude. Rato cerrou os punhos e começou a emanar uma certa energia demonstrando que estava pronto. O anjo chegou ao teto do Palácio e pegou impulso, mergulhando ao encontro do Rato com toda a velocidade que conseguia. Rato sentiu toda a sua fúria e, antes de atingi-lo, desviou rapidamente para o lado. Em um movimento rápido, conseguiu acertar suas asas com a lança partida que ele havia pegado sem o adversário perceber, quebrando-as de tal maneira que as cortou do corpo do anjo. Azael atingiu violentamente a cabeça no chão e sua auréola se partiu, causando um choque fatal. A dissipação de energia do halo foi tão forte e intensa que todos fecharam os olhos por um momento. Com o impacto, uma grande poeira de nuvem se levantou cobrindo ambos os lutadores.

Quando a fumaça se dissipou, todos ficaram em silêncio, abismados com o que viam. Rato estava de pé, pisando na cabeça do anjo e cuspindo sangue no chão. Percebendo que toda a atenção estava nele, Rato pegou as asas do anjo e jogou-as na direção dos Arcanjos.

Tuna e San Romam se aproximaram dele, que mal podia se aguentar em pé. Foi Tuna quem o socorreu para que ele não caísse. San Raphael foi até o corpo inerte de seu antigo pupilo. Abaixou-se para conferir seu estado e olhou para Rato com os olhos incrédulos. Miguel olhou para San Gabriel em silêncio. Este levantou a mão direita e disse para todos os presentes:

– Rato, você tem o nosso respeito. Não é mais um prisioneiro. A passagem de vocês pelo Reino dos Céus está liberada, enquanto permanecerem como parte desta Trindade! Vão em paz... e que Deus os acompanhe.

Rato estava com o braço apoiado no ombro de Tuna. Ele olha para os Arcanjos e diz:

– Eu não queria que isso acabasse assim. Apesar de possuir poderes infernais, tenho grande admiração e respeito pelos seres celestes. Nem sempre fui um demônio, mas também nunca fui anjo. Espero que um dia possamos nos encontrar novamente, em circunstâncias totalmente diferentes.

Todos se chocaram com aquela revelação. Ninguém, naquele salão, esperava aquilo de um demônio. San Gabriel tomou a palavra, respondendo à cortesia:

– Iremos aguardar esse dia, se obtiverem sucesso na missão de vocês.

Ele se levantou do trono, baixou a cabeça e deixou o recinto em silêncio.

San Raphael foi até Rato, carregando o corpo de Azael em seus braços. Olhou nos olhos frios dele e disse:

– San Azael era um dos meus melhores Comandantes. Você é um excelente lutador. Espero que não nos encontremos em batalha algum dia.

– Não se preocupe. Vamos nos encontrar em campo de batalha, sim, mas estarei ao seu lado.

Raphael não entendeu na hora o que ele quis dizer, mas assentiu com a cabeça. Assim como Tuna, ele havia percebido que Rato não era um demônio qualquer. O Arcanjo deu a ordem para dispensar os seus soldados que formavam o círculo. Junto com os soldados, ele também se retirou do salão, em luto e em silêncio, restando apenas a Trindade e o pai de Romam, o Arcanjo San Miguel.

SAN SEE

– Eu os levarei até a Grande Biblioteca – disse o Arcanjo. San Romam foi até Rato que estava sendo ajudado por Tuna e disse:

– Nós somos guerreiros honrados em lados opostos. Tenho certeza de que você venceria nossa luta no labirinto... – Rato esboçou um leve sorriso forçado – ... mas um dia destes, quando esta crise passar e você estiver na sua melhor forma, iremos ter certeza!

– Mal posso esperar – disse Rato, quase perdendo os sentidos.

– Nossos curandeiros podem ajudá-lo... – tentou ajudar San Miguel.

– Não! – determinou Rato tentando ficar lúcido. – Não podemos perder mais tempo! Eu aguento até sairmos daqui!

Miguel se impressionou com a determinação dele e concordou. Saíram do Grande Palácio e seguiram pelos caminhos formados pelas nuvens no chão. San Miguel questionou:

– Como vocês pretendem impedir o que está acontecendo com apenas um pergaminho?

– O pergaminho é apenas uma peça do quebra-cabeças – explicou Tuna. – Precisamos de uma certa adaga mística e uma chave mestra. Não sabemos onde se encontram no momento.

– Quanto à chave, eu não sei – disse Rato – mas faço uma ideia de quem possa saber onde se encontra a adaga. Um demônio chamado Krog tem o hábito de colecionar qualquer tipo de lâmina. Se não estiver com ele, pode saber onde está!

– Um tiro no escuro – disse San Roman – para isso temos que ir, literalmente, para o Inferno.

Rato o olhou meio contrariado:

– Não quer ir pra lá? Eu estou tendo que ficar aqui... – disse, se referindo ao Céu.

Tuna interrompe os dois, achando que começariam uma discussão:

– Tenho certeza de que não é isso. Como não temos outra opção, iremos para lá até surgir uma alternativa melhor.

– É bom vocês estarem preparados. O Inferno não é um lugar qualquer. – explica Miguel. – Seu treinamento, Romam, não o preparou ainda para isso.

– Eu me garanto. Poucos anjos tiveram a honra de caminhar pelas labaredas do Inferno. Quero ter o prazer de dizer que fui um deles! Se eu não voltar, pelo menos terei provado a mim mesmo...

San Miguel o olha com orgulho, mas adverte:

– Prazer não tem nada a ver com isso. Nosso dever é subjugar os anjos negros banidos. Esta é nossa verdadeira tarefa. O Inferno é apenas a prisão deles.

Eles se aproximaram de uma enorme grade dourada que cercava um cristal, o qual se estendia para cima a perder de vista.

– Chegamos – diz San Miguel.

Eles param e observam. A entrada é composta de duas estátuas gigantes representando os antigos sacerdotes do Reino. Eram considerados os Arcanjos mais inteligentes desde a Grande Guerra. Atrás deles, um grande cristal apontando para o alto formava a estranha construção. Sem portas ou janelas, lembrava muito a torre do labirinto. Totalmente lacrada. Entre as duas estátuas, um grande portão de ouro impedia a proximidade daquele enorme cristal. San Miguel tocou levemente o portão e, em segundos, um pequeno anjo se materializou na frente deles.

Era um anjo velho, quase corcunda. Suas asas eram pequenas e sua auréola brilhava com pouca intensidade acima de seus cabelos lisos e negros jogados para o lado. Por ser considerado um anjo velho e brincalhão, não havia passado de um mero guardião da Biblioteca, permanecendo ainda como um simples querubim. Seu halo de energia era pequeno, indicando que não havia muita fé no seu caráter.

Mas ainda assim, como todo anjo no Céu, era feliz do jeito que vivia. Tinha a mesma altura de Rato. Apoiava-se em um cajado cuja ponta continha uma lâmina afiada, um estranho tipo de arma, talvez.

– Miguel! – disse ele – há quanto tempo!

– San See – respondeu o Arcanjo. – Quero que você ajude a encontrar um pergaminho. Esta é Tuna, Rainha do Limbo, meu pupilo San Romam e Rato, um guerreiro que acaba de provar sua honra diante do Conselho.

– Sei quem são! Eu já os esperava há algum tempo. Assim eu os senti...

San See olha para Rato de cima a baixo:

– Nunca permiti alguém como ele entrar em minha Biblioteca... – Rato o olha sério – mas como é uma emergência, abrirei uma exceção. Que tipo de pergaminho procuram?

Tuna, ainda carregando Rato no ombro, se adiantou:

– Espírito de Sangue nos disse que era um pergaminho antigo que contém um encantamento...

– Espírito de Sangue? – o Arcanjo disse surpreso. – Ele é a sua fonte de informação? Nada de bom vem daquela alma!

– Você o conhece?

– Sim. Ele visitou os Reinos quando vivo. Seu lugar é no Inferno e não em uma prisão no Limbo. Eu espero que ele tenha desaparecido junto com aquele lugar!

Tuna se conteve. Sabia que Espírito de Sangue não era boa influência, mas não havia gostado do jeito como o Arcanjo tinha se referido ao seu lar. Ela retruca:

– Eu já o despachei para o Inferno. Rato me ajudou a fazer isso!

Nesse momento, um raio corta os céus anunciando a vinda da grande Tempestade. Tuna reconhece o barulho que havia acabado com seu Reino e se surpreende:

– Mais essa! A Tormenta do Fim chegou até aqui! Não temos muito tempo.

San Miguel coloca a mão no ombro de San Romam e diz:

— Tenho fé em vocês! Ajude-os! Irei informar os outros Arcanjos de que a anomalia já nos atingiu — dizendo isso, começou a levitar em direção ao Palácio.

San See olha a Tempestade se formando, como se já esperava que aquilo acontecesse. Tuna chamou sua atenção:

— Entende agora por que precisamos do pergaminho?

— Não se preocupem, tudo irá dar certo!

O velho anjo mexe a mão que não estava apoiada no cajado e cria uma fumaça surgindo do chão, envolvendo-os por completo. Os quatro personagens desaparecem, não deixando vestígios para trás.

Assim que a fumaça se dissipa, eles se encontram em um ambiente fechado, cercados de várias prateleiras onde repousavam milhares de pergaminhos. Diferentemente do lado de fora, onde o caos se iniciava, a parte de dentro estava em silêncio. Perceberam que haviam sido transportados para dentro da Biblioteca. O teto do lugar ficava a 20 metros de altura e as prateleiras encostavam-se a ele. Um longo corredor se via a perder de vista, revelando que o lugar parecia infinito. Havia vários tipos de pergaminhos: grandes, pequenos, novos e velhos. Alguns eram tão antigos que se esfarelavam ao serem tocados sem a devida permissão. Tuna arregala os olhos e diz:

— São tantos! Como o acharemos no meio de milhares?

— Isso é impossível! Não temos tempo para isso! — diz Rato.

— Tempo? — diz San See — Como você mede o tempo aqui? Ou no Inferno? Isso só irá depender de vocês agora! Esta é apenas uma sala da Grande Biblioteca. Trouxe vocês até aqui, pois só existe um meio de encontrar este artefato que buscam.

San See começa a rir mostrando que para ele tudo não passava de uma brincadeira. Os três se entreolham sem entender. Por fim, ele diz, apontando para a própria cabeça:

— Usando a imaginação!

DESEJOS REVELADOS

– Este velho está de brincadeira com a gente! – diz Rato.

O velho solta uma grossa gargalhada debochando da irritação do demônio. Ele explica:

– Este lugar está sob o efeito de uma magia bem simples. Se vocês sabem o que faz o pergaminho, basta imaginar seu objetivo que o pergaminho aparecerá em suas mãos! – ele mostra a mão vazia e aponta para um dos pergaminhos em uma das prateleiras. Todos o observam fechar seus olhos. O pergaminho para o qual apontava desapareceu da prateleira e reapareceu em suas mãos. – Viram? É mágica! Ele simplesmente aparece em suas mãos! Por que não começamos com você, irmão? – se dirigindo a San Romam.

O anjo fecha os olhos achando que é fácil. Sem avisar, San See lança uma magia que forma a imagem dos pensamentos de Romam. Todos olham a imagem. Sem perceber, Romam se imagina ao lado de Tuna, no Reino dos Céus. Em sua imaginação, Tuna havia se transformado em anjo, com um par de asas e um halo sobre sua cabeça. Eles se beijam ardentemente diante da paisagem gloriosa do Reino dos Céus. Após isso, a imagem se dissolve no ar.

Romam abre os olhos e percebe que suas mãos ainda estão vazias. Tuna fica levemente corada. San See está indiferente, apenas um pouco decepcionado. Rato foi quem não perdeu a oportunidade:

– O pluminha tá de barraca armada!

San Romam não entende e San See explica, totalmente decepcionado:

– Vocês precisam saber o que estão procurando. Seus desejos – aponta para San Romam – são mais importantes que o objetivo que buscam. Todos aqui viram que você está apaixonado pela Rainha do Limbo. Seja lá o que você procura, não está totalmente concentrado no que quer! Que decepção, Romam!

– Quem são vocês para julgarem o meu desejo? Mais do que tudo quero impedir essa anomalia antes que ela acabe com todos nós!

– Mas não é o que parece – disse Rato não se contendo, enquanto cuspia sangue no chão.

O anjo não suporta a irritação e a atitude nojenta de Rato, mas se contém. Começa a compreender a natureza dos demônios e percebe que nunca mudarão seus hábitos. Tuna tenta sair do embaraço:

– Sei que ele está tentando me ajudar, e no momento, aceito isso. Não o culpo!

Rato afasta Tuna e diz para todos:

– Vou lhes mostrar o quanto estou concentrado! – fez isso e fechou os olhos.

As imagens que foram mostradas a seguir foram de deixar todos aturdidos. Mostram Rato de pé, nu, no Inferno com várias almas escravas a seus pés. Várias delas tinham o rosto de Tuna e as que estavam mais próximas dele o tocavam de um jeito que deixava todos que estavam assistindo incrédulos e encabulados diante da cena picante. Tuna nem esperou ele abrir os olhos e o empurrou tentando apagar aquelas imagens. Rato cai ao chão sorrindo, apesar de estar todo ferido.

– Você é nojento! Agora sei no que realmente está pensando! – grita Tuna.

San Romam se aproxima de Rato e o ameaça:

– Se você encostar um dedo nela, nada neste Universo me impedirá de destruí-lo!

Tuna olha para Rato, ainda com os pensamentos nas imagens que acabaram de ver e tenta se conformar:

– Rato é um demônio. Nada de bom poderia vir de sua mente!

– Vejo que você gostou do que viu! – provocou Rato. – Talvez outra hora...

San Romam ia chutá-lo no chão quando é interrompido por San See falando sério:

– Não posso permitir qualquer tipo de violência aqui dentro, Romam. E você, Rato – olhou para o pequeno demônio no chão – "Não temos tempo para isso", não foi o que disse? E ainda assim você brinca como um louco diante do precipício.

San See senta-se em uma bancada de pedra que havia ali e respira fundo tentando ganhar paciência. Olha para Tuna, demonstrando que é a única que falta para tentar conseguir o misterioso pergaminho. Uma última chance de obterem aquilo que vieram buscar.

– Homens – ela diz. – Só conseguem pensar com a cabeça de baixo!

Ela fecha os olhos e se concentra. Uma leve brisa passa pelo local fazendo os espectadores se arrepiarem. Uma imagem é formada. Rato se levanta e, ao lado de San Romam, observa as imagens que são bem nítidas. See levanta as sobrancelhas percebendo que ela iria conseguir. As imagens mostram uma cidade completamente destruída. Fogo e ruínas dominam a paisagem terrestre. Ela se imagina vista de costas, segurando a adaga mística. Diante dela um gigantesco vulto vermelho se forma e, com olhos frios e vazios, avança para o ataque. Nesse momento uma forte ventania invade o local, causando um grande caos no lugar. Todos tentam se segurar para não serem levados pelos ventos. Nas imagens, Tuna lança a adaga que atinge a Criatura. Antes de conseguir chegar a ela, o estranho vulto cai e Tuna faz algo que há muito tempo não fazia. Ela levanta os braços e começa a julgar a grande Criatura. Como resultado, o monstro simplesmente se desfaz no ar.

As imagens repentinamente se interrompem. Os ventos desaparecem deixando uma grande bagunça nas prateleiras e vários papiros no chão. Tuna sente um certo peso em suas mãos. Abre os olhos e percebe que havia conseguido o pergaminho!

Rato e San Romam a olhar surpresa. San See diz:

– É garota... você tem futuro! Agora vejo o que vocês buscam. Espero que tenham sucesso, pois, caso contrário, não existiremos mais! – aponta para o anjo e o demônio – Não sei por que você anda com estes dois, Deusa do Limbo. Eles não ajudaram muito até agora...

– Eles ajudaram bastante até aqui. A influência de San Romam no Céu me ajudou a encontrar o pergaminho e Rato resolveu uma antiga questão que estava me perturbando durante muito tempo no Limbo – disse se referindo a Espírito de Sangue. – Tenho certeza de que essa viagem ainda não acabou e o tempo realmente está contra nós.

Tuna olha atenta examinando o curioso documento. Quando faz menção de abri-lo, San See a impede, dizendo:

– Você já sabe o que ele faz. Existem magias neste mundo que só podem ser lidas uma vez na vida e outra na morte.

A Deusa percebe suas palavras e volta a segurar firme o precioso artefato.

Rato tenta se recompor e diz para Tuna, falando sério:

– Volto a repetir: precisamos encontrar a adaga e só conheço um ser que possa saber de seu paradeiro.

– É um tiro no escuro, e ninguém até agora teve outra sugestão – diz Tuna.

San See olha preocupado para eles:

– Vocês irão até o Krog? Que Deus os ajude!

– Conhece este demônio? – perguntou Tuna.

– Uma lembrança vergonhosa devo admitir. Há muito tempo, ele conseguiu invadir o Grande Arsenal do Reino e roubar uma preciosa nodachi chamada Alamak. Aquele maldito demônio só se interessa por sua coleção de lâminas.

San Romam se dirige ao velho e diz calmamente:

– Eu já ouvi falar desta espada. Em meus treinos, eu só a usei uma única vez. É muito poderosa. Assim que o encontrarmos, prometo que eu a trarei de volta.

– Você é um grande anjo, Romam, mas lembre-se: tente não se distrair. Seu objetivo é ajudar Tuna e assim poder restaurar o equilíbrio dos Reinos. Priorize seus desejos!

O velho See se levanta e olha para eles:

– Vocês precisam se apressar. A Tormenta do Fim está nos destruindo. Sejam rápidos e tenham foco, ou tudo que somos não passará de uma simples lembrança. Iremos todos para o Inferno... figurativamente, é claro... já que o próprio Inferno deve ser melhor do que essa coisa que apaga os Reinos...

– Para falar isso, vejo que nunca esteve lá... – diz Rato.

Tuna levanta seus braços e usando suas últimas forças, com muita dificuldade, consegue abrir um portal de brilho rubro. A energia dissipada pelo seu corpo gera novamente grandes ventanias, apesar do lugar fechado do interior da Grande Biblioteca. Rato esboça um sorriso de alívio sabendo para onde vão. Romam cobre seus olhos com o braço, tentando se proteger. Tuna, respirando com dificuldade, consegue gritar:

– Mas é justamente para onde vamos! Este é meu último portal! Atravessem rápido ou ficaremos aqui para sempre!

Rato, San Romam e, por último, Tuna atravessam o círculo de energia.

San Gabriel se materializa ao lado de San See e observa a Trindade antes que o portal se fechasse completamente. Assim que os ventos diminuem, See olha atentamente e comenta com o Arcanjo:

– Que trio estranho. Acha que eles irão conseguir?

– Tenha fé, San See. Eles passarão por muitas dificuldades no lugar para onde estão indo. A Trindade do Inferno não será tão gentil como fomos com eles. Mas acredito que conquistarão seus objetivos. Caso contrário, todos nós pereceremos diante dessa ameaça.

– Você sabe o que está acontecendo, não sabe?

– É o fim do equilíbrio como nós o conhecemos. Nosso destino está nas mãos da Deusa do Limbo. Assim Ele determinou.

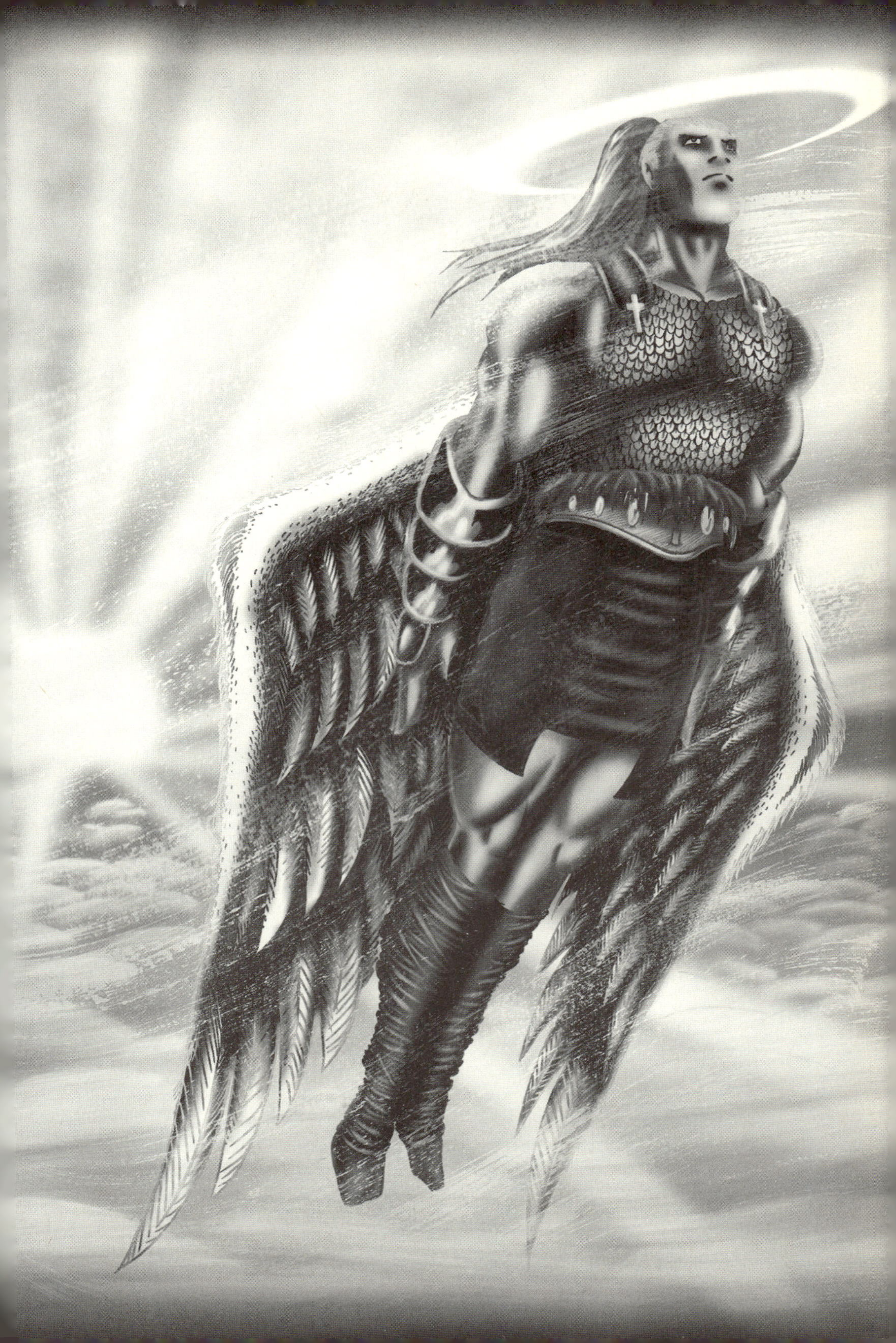

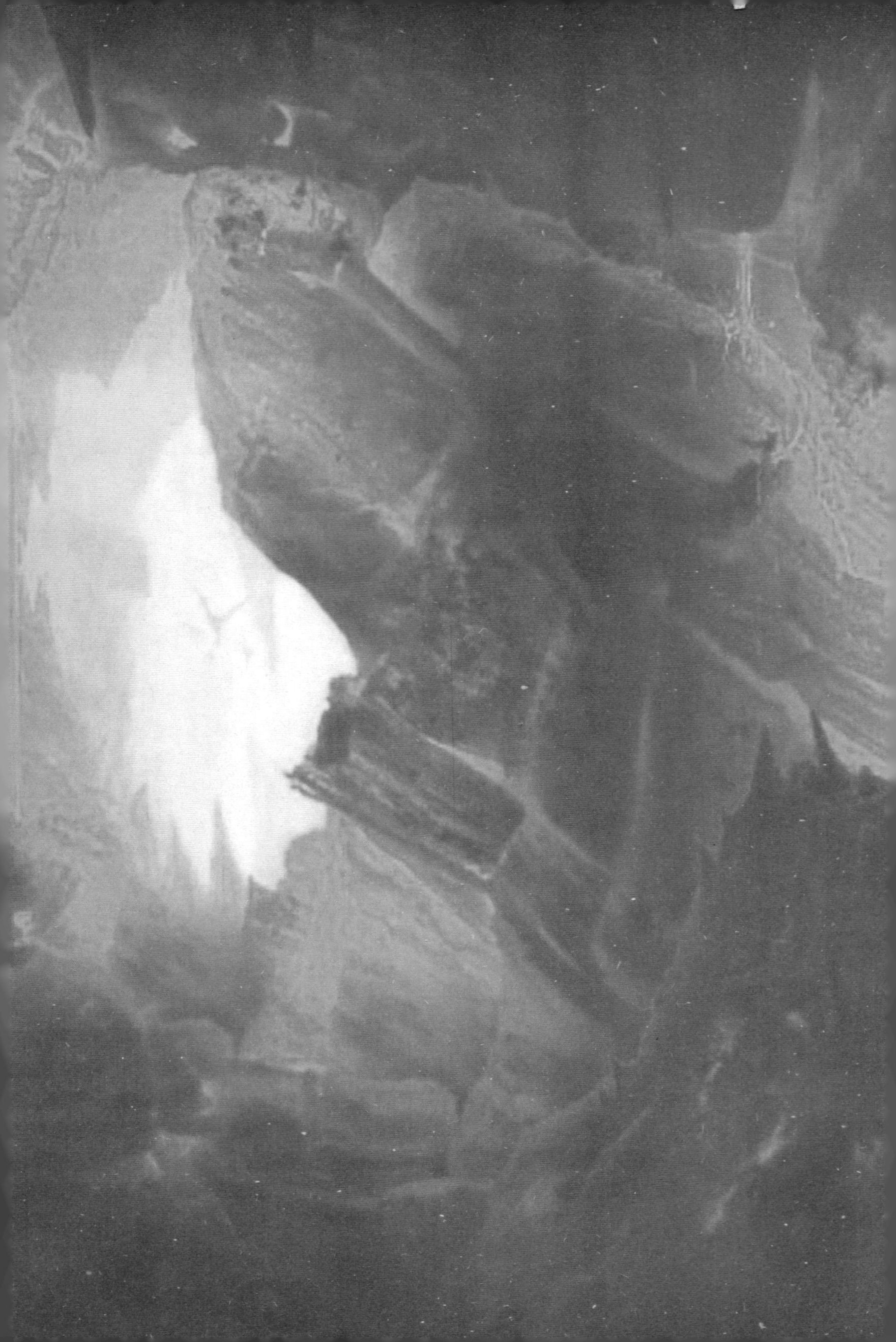

O Inferno

QUEDA

A transição não é fácil. Tuna manipula o portal com certa maestria, mas também com muito custo. San Romam é o que sente mais dor. Rato é o primeiro a chegar. Assim que os três conseguem atravessar, já começam a sentir os efeitos do lugar. Romam se ajoelha de dor, não suportando o clima calorento e abafado. Rato começa a se curar instantaneamente. Seu rosto, seu ombro e todos os cortes que tivera até ali, desapareceram em questão de minutos. Tuna segura o pergaminho, o enrola e o guarda preso em seu cinturão. Consegue usar uma de suas fitas do braço para amarrar o artefato e deixá-lo preso à cintura. Tendo certeza de que estava seguro, foi ajudar Romam. Apesar do enorme calor que o lugar possuía, o anjo era um grande guerreiro e, ainda assim, era o mais afetado de todos. Seu treinamento jamais o preparou para aquele "clima".

O ambiente não era agradável. Totalmente confinado e claustrofóbico, o Inferno era a antítese do Céu. Logo que se acostumaram com a sauna do lugar, puderam perceber que estavam em algum tipo de caverna, bem ampla, com aproximadamente cem metros de diâmetro, seguindo um tortuoso caminho dentro da terra. Havia várias rochas no chão, dificultando a passagem dentro daquele túnel. Estalactites ficavam no teto apontando para baixo a uma altura de dezenas de metros. Entre elas, vários corpos humanos ficavam pendurados de ponta-cabeça, os quais pareciam sair do teto, presos pelas pernas. A maioria gemia de dor, música aos habitantes daquele lugar. Alguns estavam sem braços, outros com o abdômen aberto e outros ainda sem a cabeça. Uma leva chuva fina de sangue era vista no ar originada dos corpos pendurados no teto. O fedor era insuportável. As asas acinzentadas do anjo começaram a ganhar uma coloração rubra, por causa da chuva que caía. Ele, auxiliado por Tuna, se levantou e disse:

– Não podemos ficar aqui por muito tempo!

Rato não deu importância ao anjo. Ele estava de pé com os olhos fechados, absorvendo a energia das almas dos condenados, que havia no local. Tuna conhecia essa sensação de recarga, mas sabia que esse tipo de sentimento não era mais possível para ela, uma vez que o Limbo deixara de existir. As feridas do demônio haviam sido curadas e suas forças restauradas.

Um grande tremor de terra fez Rato livrar-se do torpor. O terremoto fez cair algumas estalactites, assim como alguns corpos. O chão havia se aberto soltando grandes tufões de fogo, originando a única fonte de iluminação do local. Rato não entende o que está acontecendo e olha para Tuna como que buscando uma resposta. Era praticamente impossível o Inferno passar por um terremoto. Ela, já imaginando o que seria, disse:

– Rato, aqui não há um horizonte onde podemos ver a Tempestade chegando! Esse terremoto é um indício de que a anomalia já chegou a esse plano também! Precisamos agir rápido! Onde encontramos esse "Krog"?

Nesse momento, sem nenhum aviso, Tuna recebe um forte golpe no rosto, levando-a ao chão. Ainda tonta pelo impacto, tenta se levantar e fica horrorizada com o que vê. Vários demônios pequenos do tamanho de anões saem detrás das rochas saltando na direção deles, prontos para o ataque. Eles eram cinza nos mais variados tons, tinham uma pequena cauda e usavam seus chifres para ferir seus adversários. Fortes, não precisavam de qualquer tipo de vestimenta ou arma. Suas mãos eram dotadas de ferozes garras e, quando atacavam, abriam a boca exibindo seus pontiagudos dentes. Muitos deles montaram em cima do anjo, derrubando-o e mordendo-o. Tuna tenta se levantar, mas sente uma grande pressão em seu corpo, vendo que estava acontecendo o mesmo com ela. Sem poder ajudar, ela estica o braço pelos demônios-anões e grita:

– Rato! Isto é território seu! Faça alguma coisa!

Rato, até então calado, abre sua mão gerando uma esfera de fogo crepitante. Conforme se concentra, o fogo vai aumentando de tamanho até ser liberada, em um único movimento, em forma de cometa, destroçando todos os demônios à sua volta, livrando Romam e Tuna do cruel destino. Ainda no chão, Tuna grita com ele:

– Por que demorou tanto?

– Mais virão – respondeu Rato sem se preocupar com as reclamações dela. Ele olha para o anjo, que estava se recompondo, e diz – não se acostume, anjo – é a primeira vez que Romam o escuta chamando assim – aqui é o Inferno. É cada um por si.

Novo terremoto abala a caverna. Dessa vez mais forte, fazendo os três personagens perderem o equilíbrio. Várias rachaduras se formam no chão, engolindo grandes quantidades de fogo e terra. Tuna e Romam não conseguem se manter em pé. Uma grande fenda se abre ao lado deles, fazendo-os cair nela. Sem pensar, Rato se atira na borda do precipício e consegue agarrar o braço de San Romam que estava mais próximo. O toque dos dois começa a queimar ambas as peles, mas ignorando a dor, Romam, pendurado, lhe diz:

– Cada um por si?

Rato olha no fundo de seus olhos e range os dentes. Faz força, mas não consegue puxá-lo para cima.

– Não se acostume, maldito!... eu... não...

– Pode me soltar, Rato. Eu me viro. Posso não conseguir voar direito aqui, mas usarei minhas asas para amortecer a queda.

– Cale essa maldita boca! Faça força e ajude a subir!

Romam e Rato se olham e entendem mutuamente que não há muito que fazer. Romam solta o braço dele e cai no abismo sem fim. Rato apenas observa. No fundo, ele lamenta o ocorrido. Apesar de odiar seu inimigo, ele tinha a confiança de Tuna, que jamais o perdoaria se acontecesse alguma coisa com ele. O demônio se levanta e fica na borda do abismo procurando por Tuna que também havia caído.

— Tuna! — ele grita, mas o gemido de dor dos corpos no teto é tudo que consegue ouvir. Na última vez que a viu, foi caindo no abismo enquanto segurava o braço de San Romam. Não podia salvar os dois. Sem mais nada a fazer ali, olhou para os lados certificando-se de que não havia mais ninguém ali para atrapalhar e começou a caminhar.

Andando pela caverna, evitando as rachaduras no chão, decidiu que iria procurar por Krog sozinho.

***

Em sua queda, Tuna percebeu que o fim estava próximo. No Limbo, ela conseguia manipular os ventos para que a levassem onde quisesse. Agora, naquele lugar quente e abafado, tudo que podia fazer era esperar que seu fim encontrasse o chão, bem lá embaixo, no pior lugar do Inferno. Pensou no Limbo e em suas almas. O Guanishe! Não podia desistir! A mera lembrança daquela pobre alma a havia encorajado a se controlar e juntar o pouco de energia que lhe tinha restado. Controlando sua adrenalina, tentou se concentrar ao máximo e, reunindo suas últimas forças, conseguiu criar um minúsculo portal abaixo dela, por onde passou velozmente. Não pensou exatamente para onde queria ir quando criou o portal, mas no desespero veio em sua memória o rosto de Romam e Rato, e considerou que aquela passagem a levaria diretamente a eles. Apesar de a viagem por este pequeno portal ter diminuído sua velocidade, ela violentamente se chocou contra o chão em outra parte do Inferno. Bateu a cabeça em uma rocha que ali estava e apagou. Ela se encontrava em outro túnel, dessa vez menor que o primeiro com alguns metros de diâmetro apenas. O caminho era estreito, o calor continuava e não havia uma única chama que pudesse iluminar a sua volta. Estava desacordada, no escuro e sozinha, naquele horrível lugar.

Na escuridão total, alguns demônios-anões se aproximavam interessados na recente alma que ali jazia. Eles a apalparam em todas as partes do corpo, saboreando o prazer que logo teriam. Foi nesse momento que Tuna levantou-se repentinamente, como que acordando de um pesadelo. Ela havia sentido dezenas de pequenas mãos percorrerem seu corpo. Os pequeninos demônios, pegos de surpresa, começaram a esmurrar sua face, na tentativa de fazê-la desmaiar novamente. Ela se agitava completamente na tentativa de afastá-los, mas não conseguia ver com o que estava lutando. Sentia beliscões, puxões em seus cabelos e vários toques indesejados percorrendo suas intimidades. O pior do Inferno não era a escuridão total, o calor sufocante ou até mesmo as dores carnais que cada alma sentia profundamente. O pior era a total ausência da presença de Deus. A falta de esperança. Justamente o que Tuna estava sentindo naquele momento, enquanto tentava inutilmente clamar por Ele. Apesar de sua divindade limbial, Tuna estava esgotada, sem energias, toda esfolada pela queda e ainda no breu total, desesperada, fez a única coisa que podia fazer, assim como qualquer alma indefesa faz quando chega ao Inferno. Ela gritou.

***

Rato estava andando pelo túnel principal, quando avistou um dos demônios que o atacaram assim que chegaram ali. O pequeno ser, percebendo que fora visto, começou a correr desesperado, fugindo dele. Em quantidade elevada, eles agiam com coragem, mas, individualmente, eram covardes. Rato nem se deu ao trabalho de ir atrás. Com um único pensamento levantou o pequenino no ar e o fez levitar até ele. No Inferno, os poderes de Rato eram superiores. Assim que o fez ficar frente a frente com ele, perguntou:

– Faz tempo que não venho ao Inferno. Diga-me: onde está Krog, o colecionador de lâminas?

O pequeno demônio não conseguia se mexer muito. Abriu a boca tentando dizer algo, mas as palavras saíram com dificuldade, como se sua garganta estivesse sendo pressionada:

– Eu... não sei... você precisa falar com... o chefe...

– Qual deles, vermezinho?

– Qual... Qual você acha?

Rato não gostou da resposta e, com um simples pensamento, arrancou a cabeça daquele pequeno abusado. Um novo tremor de terra se fez sentir e, compreendendo a situação, ele começou a correr pelos túneis infernais. Ele sabia que o "chefe" poderia saber da atual localização de Krog, mas para isso teria que enfrentá-lo.

Descendo aos níveis inferiores, Rato começou a perceber que a escuridão tomava conta do lugar, ao mesmo tempo que as paredes começavam a se fechar, diminuindo o diâmetro dos túneis. O Inferno, sendo um lugar fechado, era iluminado apenas com alguns focos de fogo que surgiam entre as rochas. Quanto mais descia, mais rareados eram esses focos, mais escuro ficava. Dentro daquela ramificação de túneis, quanto mais escuro, mais se aproximava do centro do Inferno, local onde repousavam seus senhores. Passando pela entrada de um dos túneis menores, que se iniciava nas paredes do caminho em que se encontrava, Rato pôde ouvir um grito feminino a certa distância.

– Tuna! – logo pensou, seguindo a origem do som. Percebendo que o caminho estava ficando completamente escuro, incendiou o próprio braço, usando-o como tocha para iluminar o local. Seguindo mais adiante, notou à sua frente vários pequenos demônios amontoados entre si, devorando alguma coisa caída ao chão. A iluminação que ele trazia no braço fez com que eles se assustassem e debandassem, revelando o corpo de Tuna desacordado e ferido. Percebendo o que havia acontecido, rapidamente se ajoelhou ao seu lado e tentou sentir algum sinal de vida.

– Tuna? – ele chamou calmamente em tom baixo.

Ela abriu os olhos e Rato pôde notar um traço de esperança em seu rosto. Sob a iluminação tremulante do fogo no braço dele, ela fracamente disse:

– Você me salvou...

Rato mal conseguia ouvi-la e aproximou-se mais de seu rosto na tentativa de escutar melhor. Nesse momento, Tuna o beijou. Rato foi pego de surpresa. Sentiu-se levemente sugado e fraco, como se suas energias estivessem sendo extraídas momentaneamente. Tuna olha para ele e diz:

– Não vá se acostumando...

Sem dizer nada, ou não se importando com mais nada, eles se beijaram novamente, dessa vez com mais fervor, revelando a necessidade carnal de ambos.

— Mas que putaria é essa?

Rato e Tuna levaram um grande susto, interrompendo o início do ato, quando dois enormes e monstruosos seres apareceram de repente. Tinham pernas de bode, quatro braços e possuíam pele verde-musgo, coberta com algumas escamas. Não possuíam olhos e suas cabeças continham um par de chifres curvados para trás. Eram altos e chegavam a encostar-se ao teto da caverna, cobrindo a passagem por onde Rato chegara. Mostrando os dentes podres, um deles falou:

— Mas que peculiar. Um casalzinho transando no quinto dos infernos!

Rato, apesar de estar se sentindo um pouco enfraquecido pela situação, imediatamente se colocou de pé em posição de defesa e disse:

— Afastem-se ou serão destruídos!

Os dois grandes demônios se olharam. Não estavam acreditando que o pequeno homem tinha tanta coragem! Depois de alguns segundos de silêncio, os dois começaram a gargalhar. Um deles se aproximou de Rato e impôs sua altura sobre ele, dizendo:

— Você não é nada. Assim que eu pisar em você, vou me divertir arregaçando a tua vagab...

Sem esperar ele terminar, Rato manipula o fogo dentro de si e o libera em forma de uma rajada que pulveriza o demônio em questão de segundos. A gargalhada do outro demônio desaparece quando vê seu companheiro passando por ele em forma de cinzas e fumaça. Ele fica abismado e olha para Rato com receio:

— Quem é você?

— Você já ouviu falar de mim. Sou o Rato.

— Rato? Mas... você não foi expulso daqui? — o demônio olha surpreso e abismado. Ele não estava acreditando que aquele lendário ser estivesse de volta.

Rato se aproxima. Levanta seu braço em chamas e ilumina o rosto de ambos mostrando para seu adversário que ele não estava brincando:

– Preciso que me leve até Krog, o colecionador de lâminas, ou até um dos três Lordes, caso contrário terá o mesmo destino que o seu amigo.

O demônio vira a cabeça na direção de Tuna e depois olha para as cinzas em que seu companheiro havia se transformado. Por fim, diz:

– Não sei onde vive este "Krog", mas sei de uma coisa: o chefe não anda muito contente com esses tremores que vem assolando o Inferno e não quero estar perto quando ele vir que você voltou. Ela também vai? – disse apontando para Tuna que já estava de pé, se recompondo.

– Ela é minha protegida aqui. Quem a tocar irá se ver comigo. Vamos indo, pois não temos muito tempo. Como você é chamado?

– Sou Surgat – respondeu enquanto usava uma das quatro mãos para abrir uma passagem pela parede, revelando um novo túnel escuro, onde o caminho seguia descendo por uma tortuosa escadaria. – Vamos ter que descer por este caminho. É um atalho mais rápido.

– Não me engane. Você sabe do que sou capaz.

Surgat engole seco e começa a descer o túnel, apesar da escuridão. Como não possuíam olhos, os demônios que ali viviam se guiavam usando o olfato, apesar do mau cheiro do ambiente. Rato sinaliza para que Tuna vá na sua frente. Em fila indiana, começam a descer os degraus entrando mais ainda na escuridão do Reino do Inferno.

A ORDEM DO CAOS

– Com quem, ou o quê, vamos falar? – perguntou Tuna enquanto caminhava atrás daquele demônio grotesco e fedorento.

– A única chance que temos é de encontrar Krog, mas ninguém sabe ao certo onde ele vive, a não ser os Lordes. Nós, demônios, não fixamos residência. Somos nômades, às vezes dominamos algum lugar de que gostamos e ficamos por um tempo. Às vezes, possuímos os corpos dos humanos e por um tempo passamos a viver na superfície, até vir algum padre ou um anjo realizar o exorcismo necessário e fazer o demônio voltar para o Inferno. Este lugar é a Prisão, apesar de não haver grades. Nenhum demônio sai daqui sem possuir um corpo humano.

– Não respondeu a minha pergunta.

– Nós vamos ver os três Grandes Lordes. Você conhece o maior deles.

– Lúcifer?

– Este é um nome bem conhecido. Ele tem muitos. Mas ele não é nada sem os outros dois. Beelzebuth e Astaroth. Os três formam a Trindade do Inferno. Só eles sabem onde cada alma se situa nesse Inferno.

– Foi um deles que te enviou?

Rato parou e olhou para ela. Ele chegou a um ponto na conversa em que não deveria ter chegado. Mas sabia como contornar a situação sem revelar tudo:

– O que foi que ele disse?

– Lembro-me de ele ter falado que "preferia que tudo não passasse de um resquício de uma lembrança há muito esquecida". Eu pedi a ajuda dele e ele recusou! Mas parece que mudou de ideia ao enviá-lo...

– Não fui enviado por ninguém.

Tuna olhou sério para ele tentando entender o que estava acontecendo. Ele explicou:

– Saiba apenas que eu soube do perigo dos Reinos e não podia permitir que o Inferno ficasse sem fazer nada. Por meio de informações, eu soube que você o havia contatado pedindo por ajuda. O resto foi fácil.

Tuna não estava acreditando naquela história. Queria saber mais, mas por hora, estava satisfeita. Ele a salvou e já tinha ganhado a sua confiança.

– Vocês querem ficar sozinhos? – perguntava Surgat já bem adiantado na escada em que desciam.

Rato começou novamente a descer os degraus e Tuna o seguiu, deixando aquela questão para mais tarde. Logo os três retomavam a descida, cada vez mais íngreme. Tuna, tentando afastar aquele assunto, perguntou a Rato:

– Só há estes Lordes para comandar os exércitos do Inferno?

Rato buscou em sua memória os nomes dos antigos:

– Abaixo deles existem seis demônios, os Ceifadores. São eles que comandam os níveis infernais cada qual com seu exército.

– Níveis?...

– Entenda bem, existem vários níveis aqui embaixo. Cada um para cada pecado diferente. Cada um deles possui centenas de milhares de almas perdidas, com potencial para se tornar um novo demônio na hierarquia. Eles são comandados por Satanackia, Agalierap, Tarchimache, Fleruty, Sagatana e Nesbiros. Todos Ceifadores de almas cujo objetivo é escolher as melhores almas para se tornarem grandes soldados.

– Sagatana é meu mestre – disse Surgat que também ouvia.

— Nunca imaginei um demônio sendo treinado para o combate... — disse Tuna ignorando o comentário do monstro.

— Não existe treinamento. Apenas necessidade de sobrevivência. Aqui embaixo somente os mais fortes sobrevivem. Quanto mais fortes, mais chances de obterem a vitória sobre os malditos do Céu. O propósito do Inferno é colher o máximo possível de almas para o seu rebanho. Hoje em dia existem de cinco a sete mil demônios para cada anjo. A única diferença é que os anjos possuem um forte treinamento. Isso também faz uma grande diferença.

— Nossa, mas mesmo assim o Céu não está em desvantagem?

— Você mesma disse, Tuna. O equilíbrio precisa ser restaurado para que o Apocalipse não ocorra. Isso dará mais tempo ao Reino do Céu de se preparar melhor para esse fim. É um fato. Apesar dessa bagunça toda, existe uma ordem nesse caos que deve ser restaurada.

Chegaram ao último degrau da escada. A escuridão do local os impedia de ver que estavam em um grande espaço vazio. Andaram por mais alguns metros e depararam-se com duas portas fechadas de madeira e ferro. Tinham cinco metros de altura e várias escrituras estavam marcadas na madeira indicando que muitas magias atuavam naquele local. Rato levantou seu braço em chamas para melhor iluminar as portas. Surgat falou:

— Atrás desses portões estão os três Lordes malditos. Eu os trago somente até aqui. Não ouso atravessar essas portas. Principalmente quando algum deles o vir, Rato.

— O que quer dizer com isso? — perguntou Tuna preocupada.

— Não se preocupe — disse Rato. — Eu garanto nossa segurança. O mais importante é agirmos com rapidez para conseguirmos a informação necessária e pôr um fim nessa insanidade.

— Eu farei tudo que for possível — disse Tuna se preparando.

Surgat, sem falar nada, desapareceu na escuridão. Rato não se importou com sua fuga e abriu um dos portões. Tuna o seguiu com um frio no estômago, temendo o que poderia encontrar adiante. Assim que ultrapassam os portões, notam a escuridão total, exceto pela iluminação no braço de Rato. Mesmo não enxergando, percebem que estão em um grande salão. O ruído de seus passos causava um poderoso eco, revelando que estavam aparentemente sozinhos. Levantando seu braço em chamas para melhor iluminar o ambiente, Rato pôde perceber um vulto, alguns metros à sua frente. Tuna, ao vê-lo, inicialmente se espantou, mas depois se acostumou com ele, pois sabia que sua aparência tinha sido especificamente descrita nos livros religiosos de todo o planeta. Ele possuía três metros de altura, rosto e pernas peludas de bode e, em suas mãos, segurava um enorme cetro. Rato e Tuna ficaram estáticos quando viram que o monstro deu um passo na direção deles. Em meio à sombra, resultado da luz que vinha de Rato, o ser parecia mais assustador. Ele avançou e se abaixou olhando atentamente para Rato. Disse:

– Rato, o que faz aqui, seu chupador? Quer ser fodido?

Um tremor de terra faz cair alguns pedaços do teto, mostrando que alguém mais estava presente na escuridão. Eles conseguem ouvir a voz de uma criança:

– Malditos tremores. – Sem se revelar, continuou – Ou você é muito corajoso, ou muito burro para dar as caras aqui, Rato.

– Astaroth e Beelzebuth. Dois estão aqui, mas onde está o terceiro? – pergunta Rato com certa ousadia.

– Quem é esta pequena? – pergunta o monstro com corpo de bode, enquanto visivelmente coloca uma das mãos na própria genitália e a outra aponta para Tuna com a ponta do cetro.

– Sossega, Beelzebuth. Onde está o terceiro de vocês? – continua perguntando Rato.

Um espectro de fogo se forma ao lado do monstro, à frente de Rato, iluminando todo o salão. Com suas labaredas atingindo o teto, consegue fazer com que todos naquele local consigam se enxergar, por causa da luz do fogo. Tuna reconhece na hora o espírito demoníaco que havia conversado com ela no Limbo. Com a mesma voz trovejante de antes, ele se apresenta:

– Sou a sombra de San Gabriel, senhor de todos os caídos, o primeiro dos anjos negros! O primeiro assassino da existência! Eu sou...

– Lúcifer! – Tuna olha com raiva para ele.

– Tuna! Que prazer vê-la pessoalmente. Perdeu o juízo vindo até aqui? O que quer dessa vez? Sabe que não conseguirá nada de mim...

Rato e Tuna observam ao seu redor e tentam se localizar. Ficar muito tempo no escuro causa uma horrível sensação de desorientação. Agora, com a devida iluminação que Lúcifer proporcionava no centro do Inferno, o local fica bastante visível. Os dois conseguem olhar onde estão e com quem estão conversando. Os três Lordes são facilmente identificados: Lúcifer, uma grande entidade, pode se transformar em qualquer coisa, mas a forma espectral do fogo é a que mais lhe agrada; Beelzebuth, o monstro que é metade homem metade bode, representa força e magnitude da Trindade Infernal; e Astaroth, que possuía a simples aparência de um garoto de 10 anos, representando inocência e ao mesmo tempo simplicidade, atrativos que facilitam sua aproximação de qualquer vítima, escondendo sua verdadeira identidade demoníaca. Rato "apaga" seu braço. Assim que o faz, Lúcifer identifica quem está acompanhando a Deusa do Limbo.

– Rato?

O Espectro de Fogo se enfurece rapidamente e lança uma grande rajada de fogo em sua direção. Tuna se afasta para se proteger. Rato nem se mexe. O turbilhão em chamas passa através dele como se nada tivesse acontecido. Ele olha sério para Lúcifer, mostrando que não está brincando:

– Além de meus poderes estarem mais fortes, sou protegido contra qualquer feitiço que vocês possam lançar.

A entidade fica em silêncio não entendendo a situação. Ele olha para Tuna:

– Por que trouxe este maldito condenado até mim? Já não tenho problemas o suficiente?

– Seus problemas começaram quando você decidiu não me ajudar – diz Tuna. – A anomalia que está se aproximando já acabou com o meu Reino e agora está para destruir o Céu e o Inferno. Foi você que não quis se envolver. E pela minha opinião, talvez seja até você que deva ter começado tudo isso!

– Não sabemos nada a respeito disso! Vocês deviam se perguntar se o cara lá de cima não é o culpado disso tudo. Afinal... tudo não acontece de acordo com Sua vontade? Ou já se esqueceu das vezes em que Ele tentou destruir a humanidade? – perguntou o garoto Astaroth, se aproximando de Tuna com os olhares fixos em seus seios. – O que quer de nós?

Tuna, percebendo a ousadia, apontou para os próprios olhos e disse a ele:

– Astaroth, certo? Eu estou aqui em cima. Olhe para mim quando falar comigo. E tenha mais respeito quando falar do Deus único! Ele teve poucos e fortes motivos para demonstrar sua ira diante dos homens, mas vocês, demônios, têm de sobra!

O garoto a fitou. Com calma e muita inocência em seu semblante, disse a ela:

– Foda-se, sua vagabunda. Se não estivéssemos esgotados tentando manter a integridade de nosso Reino, eu a estupraria dez vezes antes de jogá-la aos meus lacaios como o naco de carne que você é. Vou perguntar mais uma vez: o que você quer de nós?

Tuna pegou o garoto pelo pescoço e o pressionou contra a parede mais próxima. Estava cansada de tantas ameaças de estupro. Era só nisso que os demônios pensavam? Seu desejo naquele momento era obter a informação necessária e sair daquele lugar o mais rápido possível. Diante da ameaça, Astaroth começou a se transformar em algo grotesco, tentando revelar sua verdadeira identidade para se libertar das mãos da Deusa. Sem se impressionar com seu adversário, Tuna o esmurra várias vezes antes de ele poder completar a transformação, fazendo-o voltar ao normal. E, mesmo tornando a ficar com a aparência de uma criança, Tuna continuava golpeando, até seu rosto ficar desfigurado e ele inconsciente. Beelzebuth, Lúcifer e até mesmo Rato ficaram impressionados com a violência. Quando ela viu que Astaroth não reagia mais, jogou-o no chão e disse:

– Vocês, demônios, não me enganam. Vocês vivem do medo dos outros. Isso os deixa mais fortes. Não preciso de poderes para lidar com vocês!

Lúcifer aumentou sua áurea de energia e, com muita raiva, provocou uma grande ventania fazendo Tuna e Rato serem levantados no ar. Com uma voz de ensurdecer, ele berra aos dois:

– Astaroth é o mais fraco de nós, seu poder está na persuasão e não na força, mas nem por isso lhes dou o direito de invadirem meu santuário e nos aborrecerem! Não deviam ter vindo até mim! Vocês entram aqui, insultam meus malditos irmãos e ainda querem a nossa ajuda? – com uma grande lufada de vento, os arremessa até uma parede. O choque os deixa atordoados e caídos ao chão. Beelzebuth avança até Tuna e com sua grande pata a pega pela cintura, enquanto Rato é pisado por ele. Ele bufa na cara dela, fazendo-a sentir seu mau hálito e esboça o gesto mais parecido com um sorriso:

– Vou me divertir muito com você...

Rato não consegue se livrar do casco no pé do demônio que pressiona seu corpo. Ele sabia que algo assim podia acontecer. Suas proteções eram apenas contra a magia deles. Força bruta era outra coisa. Tentou usar uma rajada de fogo contra Beelzebuth, mas ele era forte demais. Lúcifer se aproximou e disse:

– Não existe mais saída. Você, Rato, não deveria ter voltado aqui. Agora vai se arrepender por isso. O Limbo já não existe mais. Logo será a vez do Céu e do Inferno. E tudo, finalmente, irá acabar!

Tuna tentava se libertar do gigantesco bode humano. Com muita dificuldade, ela fala:

– Você não sabe o que está dizendo! O equilíbrio...

Beelzebuth aperta mais ainda a cintura de Tuna, fazendo-a parar de respirar por causa da tamanha pressão. Rato fica totalmente imóvel diante do peso do monstro. Seu corpo não aguentaria muito tempo. "Sinto muito, Tuna", ele pensa.

– Foda-se o Equilíbrio! Não existe mais um fluxo de almas! Não existirá mais os Reinos! O Universo seguirá seu próprio destino! O caos reinará eternamente! – disse o Espectro de Fogo ensandecido pela vitória próxima. – Este é o fim!

Quando Tuna e Rato perceberam que as últimas esperanças estavam se esvaindo, uma grande explosão fez abalar o enorme salão atingindo uma das paredes atrás deles. Todos no recinto ficaram atordoados enquanto a fumaça cobria todo o lugar, impossibilitando de ver o que causara o ocorrido. Ambos conseguiram se libertar das garras de Beelzebuth. Quando a poeira baixou, puderam ver um anjo de pé, todo sangrando, com as asas quebradas, armadura completamente destruída e segurando um círculo de energia. Tuna, que havia caído no chão com a explosão, olhou em sua direção e logo soltou um grito de felicidade:

– Romam!

O anjo se aproximou de Beelzebuth, ainda atordoado, colocou seu halo de energia no pescoço do monstro e disse:

– Está na hora de colocar Ordem no Caos!

– Um maldito anjo no Inferno? – disse Astaroth caído no canto de uma parede olhando incrédulo para San Romam. Com a explosão da parede, ele havia recobrado a consciência.

– Sim. Senti a sua presença assim que eles foram transportados para este plano. Só não imaginava que ele fosse forte o suficiente para sobreviver aqui em baixo e encontrar nosso pequeno reduto – disse Lúcifer calmamente.

– Eu sou o grande Dominador San Romam! Destruí uma centena de demônios para chegar até aqui.

– Não temos por que estarmos mais lutando, San Romam. Com a anomalia se aproximando, tudo não passará de um completo nada. – disse o espírito de fogo cansado daquela situação.

Rato se levantou e encarou Lúcifer. O Espectro nada fez e esperou pelo movimento dele. Astaroth estava todo machucado. Beelzebuth estava por um fio nas mãos do anjo. Rato, percebendo que todos os Lordes estavam esgotados, disse ao fogo:

– Eu só quero saber onde se encontra Krog. Se nos disser, iremos embora. Caso contrário, aquele anjo, eu e Tuna iremos destruir vocês antes que a anomalia chegue aqui.

O grande demônio soltou uma grossa gargalhada. Rato não foi levado a sério.

– Acha mesmo que suas ameaças importam? Sei do que você é capaz, Rato. Eu mesmo o tornei um Ceifador. Mas, mesmo assim, realmente não importa agora. Não sei por que buscam o colecionador de lâminas, mas também não direi onde se encontra. Farei o possível para vê-los fracassando em sua missão.

Romam se afasta de Beelzebuth ainda com o halo à sua frente, ameaçando-o. Ele olha para Rato, que estava ajudando Tuna a se levantar, e diz:

– Vamos embora. Não adianta discutir com esses malditos.

– Isso. Vão embora e não nos aborreçam mais – disse o Espectro de Fogo desaparecendo no ar.

Beelzebuth e Astaroth também sumiram nas sombras, deixando Romam, Rato e Tuna sozinhos no salão. Com a ausência dos Lordes o lugar voltou a ficar no escuro. Rato teve que ascender novamente seu braço. Tuna abraça o anjo. Rato os olha com certo ciúme. Ele diz:

– Devo admitir que você nos salvou. Se não fosse por você, estaríamos sendo currados pelos Lordes agora. Como conseguiu chegar até aqui?

Um novo tremor fez com que Romam se apressasse:

– Vou contar no caminho. Vamos voltar por onde vim. Eu encontrei Krog para vocês e outra coisa que acharão interessante!

Tuna e Rato seguiram Romam pela abertura feita por ele na parede do salão. Agora sabiam para onde ir, pois o anjo havia conseguido a informação que eles tanto buscaram. Rato só ficou preocupado com uma coisa: não era costume dos Lordes deixar os que os ofendiam vivos. Eles eram muito poderosos e podiam acabar com eles num piscar de olhos, se quisessem. Por que eles não o fizeram? Estava tudo muito fácil...

A DESCOBERTA DE ROMAM

Vamos voltar no tempo na hora em que San Romam solta o braço de Rato caindo no precipício sem fim. Durante a queda, ele consegue avistar Tuna, também em queda mais abaixo dele, passando por um pequeno portal de energia que ela mesma criara com dificuldade. Ainda caindo, percebeu que estava sozinho dali em diante. Começou a mexer as asas para tentar reduzir a velocidade, mas por causa do tamanho delas, roçavam nas paredes do penhasco cujo espaço era de alguns metros apenas. Assim que começou a visualizar o chão tentou manobrar para cair de pé, mas tudo que conseguiu foi chocar-se com algumas rochas, quebrando suas asas.

Com o forte impacto, gritou de dor enchendo a caverna em que se encontrava de ecos. Em virtude da escuridão, tentou imaginar que estava próximo do centro do Inferno. Pegou seu halo de energia e o usou para iluminar o difícil caminho que teria pela frente. Sua auréola irradiava um brilho branco bastante intenso, fazendo o anjo enxergar todos os detalhes à sua frente. Levantou-se com dificuldade e, ignorando a dor, seguiu caminho. Não sabia o que fazer. Tudo que podia pensar era que surgisse alguma pista ou ideia durante a sua caminhada pelos corredores do Inferno, enquanto inutilmente tentava ignorar a dor de suas asas quebradas.

Passaram-se alguns minutos e ele percebeu que não estava sozinho. Quando ele se virou para averiguar que estava sendo seguido, conseguiu ver vários pequenos demônios que se juntavam para poder atacá-lo. Pressentindo um grande perigo, ficou em posição de luta. Além de se preocupar com os monstrinhos à sua frente, olhou de relance por cima de seu ombro e notou que havia outros iguais a alguns metros de distancia da sua retaguarda. Estava cercado! Lembrando-se do treinamento, se concentrou e disse a si mesmo que sairia dali com vida. Recolheu suas asas o máximo que pôde, retirou uma adaga que estava escondida em um de seus braceletes de ouro, e se posicionou em forma de combate defensivo. Apesar do calor que estava sofrendo, sua mente estava em paz e tranquila quando os demônios avançaram para atacar.

O primeiro que saltou em sua direção teve seu corpo dividido verticalmente em dois pelo halo do anjo. Em seguida, movimentou-se com rapidez girando em seu próprio eixo atingindo outro ser demoníaco com a sua adaga. Vários deles conseguiam usar suas garras para arranhar o corpo dele, mas na maioria das tentativas, o anjo levava a melhor, sempre mutilando o oponente para que não houvesse sobreviventes que pudessem atacá-lo pelas costas. Romam teve que usar todas as suas habilidades corpóreas de luta, pois não despunha de muitas armas.

A batalha prosseguia por quase meia hora. O halo do anjo dançava na escuridão iluminando o sangue dos demônios sendo jorrado nas paredes da caverna. No final, Romam respirava ofegante em cima dos vários corpos que jaziam sob seus pés. Sujo e completamente coberto de sangue, avistou um dos pequeninos correndo da carnificina. Romam lança sua adaga que prende o demônio na parede do túnel. O pequenino fica preso pelo ombro a alguns centímetros do chão. O anjo calmamente se aproxima e lhe pergunta:

– Onde posso encontrar o demônio conhecido como "Krog"?

– Krog? Não sei de nenhum Krog... só os chefes devem saber dele.

– E onde os encontro?

– Seguindo por este caminho – apontava o pequeno demônio – você irá encontrar a entrada principal que leva ao salão deles... e ao seu destino...

Romam o solta da parede. O demônio foge assustado na direção oposta. Ele começa a pensar: "se só os *chefes* sabem da atual localização de Krog, é para lá que vou. Tuna e Rato devem ter imaginado o mesmo". Retirou o punhal da parede que havia prendido o pequenino demônio. Podia matá-lo ali mesmo, mas estava satisfeito com a carnificina da qual havia saído vitorioso. A morte daquele insignificante demônio não traria mais benefícios. Começou a descer lentamente o caminho indicado. Conforme avançava pelo trajeto, o caminho foi se tornando uma escadaria construída na pedra e a escuridão tornava-se mais negra.

Seguindo a direção, o anjo chega a uma antecâmara espaçosa. Ao lado de uma das rochas, uma alma pede ajuda. Romam sabe que as almas que estão ali sofrem para pagar por uma vida de pecados e que foram escolhidas por Tuna justamente. Mereciam estar ali. A alma estendia seu braço com súplicas e, se ajoelhando e arrastando, se aproximou dele. Ela estava toda surrupiada, mutilada e faminta. Seu estado era deplorável. A surpresa de San Romam foi grande ao ver de quem era aquela alma!

– Não acredito que você está aqui! De todo o Reino do Inferno, jamais imaginei encontrá-lo aqui em baixo.

– Por favor, me ajude. Não aguento mais. Já me arrependi de meus pecados...

O anjo se ajoelha a seu lado e tenta dar conforto àquela alma. Diz em seu ouvido:

– Infelizmente não posso fazer mais nada por você. Sua sentença já foi dada.

A alma olha para ele e perde o pouco de esperanças que tinha. Uma das técnicas dos anjos Dominadores é que consegue olhar no fundo dos olhos de alguém e fazer com que eles entrem em estado de transe, fazendo-o falar qualquer tipo de informação que eles queiram. Usavam o poder de persuasão em vez da violência. Apesar de grandes guerreiros, os anjos sempre evitavam a força bruta. E era isso que Romam estava fazendo. Levantou o fraco rosto daquela alma, revelando várias inscrições marcadas em sua face e a fez olhar para ele dizendo:

– Diga-me o que você sabe. Toda a verdade – disse o anjo enquanto inseria as perguntas na mente daquela alma.

O pequeno moribundo apontou na direção adiante e, com certa dificuldade, disse:

– Por aqui você irá encontrar Krog. É com ele que está a adaga mística que tanto procuram.

– E o que mais?

– A chave que aciona a adaga está na Terra. No centro da cidade onde vocês irão encontrar a Criatura... verão uma loja antiga... ao que parece a chave foi deixada para o dono dela para que fosse guardada como uma antiguidade.

– E por que não nos disse isso antes lá no labirinto? Talvez pudesse ter salvo sua alma...

Ele olhou para o anjo com olhar de perdão e disse:

– O julgamento de Tuna é implacável. Eu estava desesperado e não sabia que a Criatura havia sido despertada. Vocês não me disseram... que o fim dos Reinos... estava próximo...

Um grande terremoto faz com que Romam perca o equilíbrio. Percebe que, cada vez mais, os tremores estão aumentando, ameaçando acabar de vez com o Inferno. Vários pedaços do teto caem neles. O anjo se protege com os escudos de seus braços e se levanta pronto para continuar seguindo o seu caminho. Antes de ir, olha uma última vez para a alma do Espírito de Sangue que acaba sendo soterrada pelos escombros da caverna que estava desmoronando.

Não havia mais nenhum tipo de salvação para ele.

Seguindo adiante e correndo na escuridão dos corredores, se deparou com mais alguns demônios, mas estes não o impediam de ir em frente. Estavam assustados demais com os abalos sísmicos e tentavam se proteger dos pedaços de pedra que caíam do teto. Seguiu mais um pouco e cada vez mais para baixo, sabendo que estava na direção certa. Não estava mais procurando por Krog. Com a informação que tinha, precisava encontrar seus amigos o mais rápido possível. "Amigos", pensou Romam ao se lembrar de Rato. Tanta coisa aconteceu até ali que quando se conheceram não sossegaram até não arrancarem sangue um do outro. E Tuna? Com aquele beijo avassalador pegando-o de surpresa no labirinto, jamais imaginaria que se apaixonaria pela Rainha do Limbo.

Com a iluminação apenas de sua auréola, Romam pôde perceber que havia chegado a uma parede de pedra cheia de inscrições. Parte de seu treinamento incluía as leituras sagradas, infernais e limbiais pertencentes aos três Reinos. Lendo as inscrições, misturadas ao alfabeto enoquiano, concluiu que havia chegado onde queria. Aquelas paredes o separavam do grande salão no qual se encontrava a Trindade infernal. Encostou seu rosto próximo à rocha na tentativa de ouvir algo através dela. Apesar de o som dentro do salão estar bastante abafado, reconheceu imediatamente a voz de Tuna, desesperada, dizendo: *"Você não sabe o que está fazendo! O equilíbrio..."*. Não precisou de mais motivos. Energizou seu halo de uma forma que nunca havia feito antes e o lançou contra a parede, criando grande explosão abalando todas as estruturas dos níveis infernais.

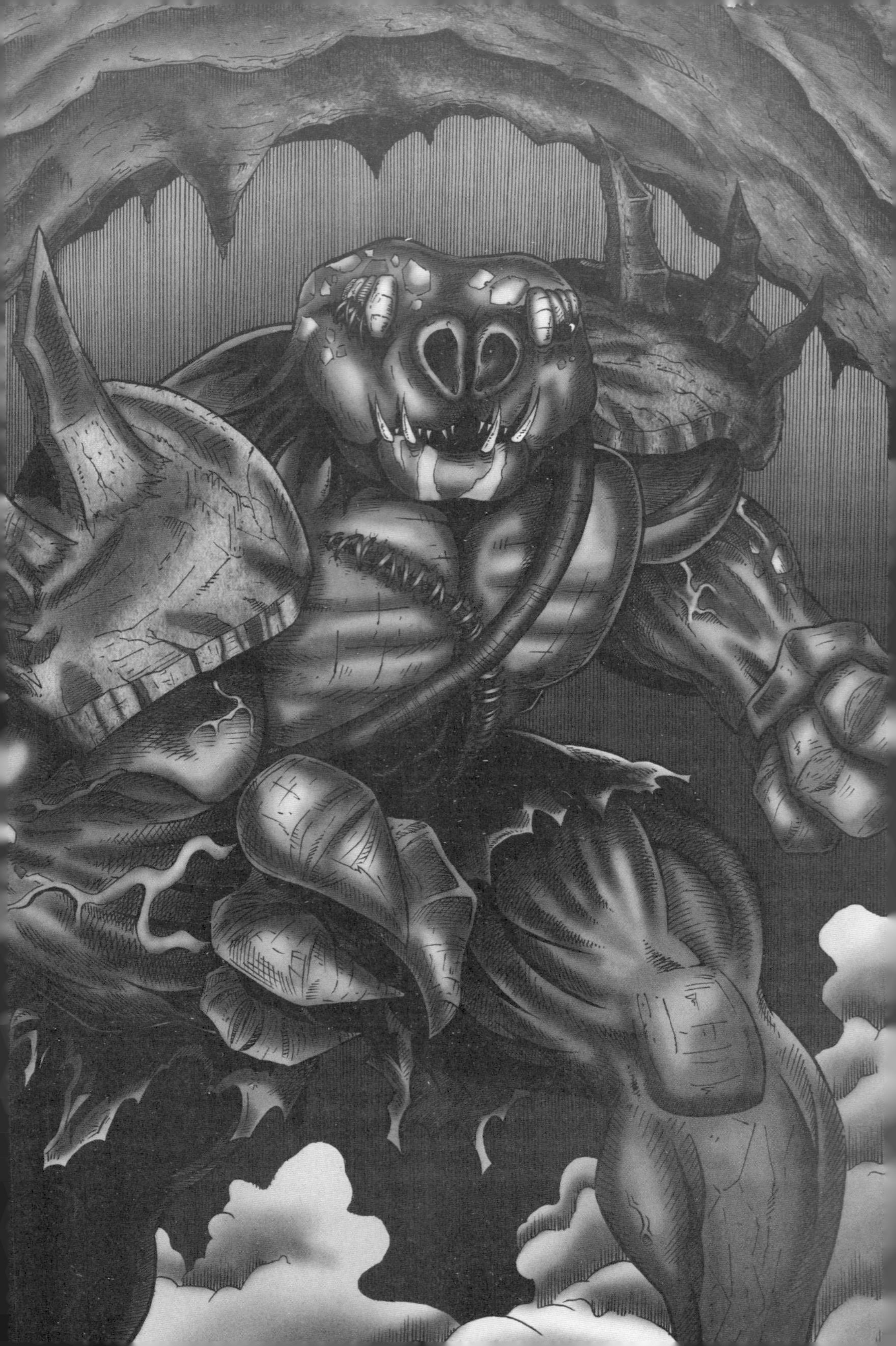

OS SEGREDOS DE RATO

Após as disputas com os Lordes, Tuna, Rato e San Romam caminham pelos túneis do Inferno. De vez em quando, um novo tremor coloca todos em posição de alerta. Precisavam achar Krog e rápido! Tuna ainda não estava acreditando:

– Quem diria? Espírito de Sangue ainda conseguiu nos ajudar mais, embora a contragosto...

– Ele está tendo o que merece – diz Rato.

Romam para diante de uma abertura na parede da caverna indicando que ali se iniciava outra ramificação de túneis. Ele diz:

– Foi aqui que Espírito de Sangue indicou a passagem. Krog deve estar do outro lado.

– O que estamos esperando – disse Rato enquanto atravessava pela fenda na caverna. Depois que o anjo o havia salvado, ele não tinha mais dúvidas quanto a sua fidelidade. Ou talvez, rivalidade. Tuna o acompanhou, sendo seguida por San Romam.

Começaram a andar por um longo e estreito túnel. A escuridão só não era tanta por causa do halo sobre a cabeça do anjo e do braço de Rato que continuava ardendo em chamas. Quando eles se aproximaram de uma pequena abertura, perceberam a luz do outro lado. Atravessaram a passagem e puderam observar que se encontravam em uma câmara onde parecia que ali vivia alguém.

Em uma das paredes havia diversas inscrições gravadas na pedra. Os demônios eram seres desconfiados por natureza e qualquer motivo é suficiente para todos eles usarem símbolos de proteção, na maioria das vezes, para se protegerem de seus próprios irmãos. Do outro lado, na parede oposta, ao lado da entrada por onde vieram, estavam várias facas, adagas e espadas que puderam ver. Todas penduradas na parede na qual, como pano de fundo, havia peles humanas mortas como pedaços decorativos da coleção.

Na coleção, puderam notar que várias lâminas especiais estavam ali. Cimitarras, lendárias espadas japonesas, espadas antigas, lanças, nodachis, vários punhais com antigos cabos, cuja função era praticamente para a realização de magias. Algumas lanças também estavam na coleção e algumas lâminas continham o sangue de seu antigo proprietário, representando maior valor para o seu dono.

Tuna imediatamente reconheceu a adaga mística que tanto procuraram, pois ela havia se lembrado da imagem que Espírito de Sangue havia criado no labirinto. Ela estava no meio de uma centena de facas. Teve a certeza de que era aquela, pois seu cabo era o único em que havia um orifício para introdução da chave mestra.

Avançou para pegá-la dizendo:

– É ela! Nunca achei que seria fácil!

Rato gritou tentando impedi-la:

– Não!

Ela foi repelida com um grande choque elétrico, fazendo-a se afastar da parede. Rato coloca a mão em seu ombro e explica em voz baixa:

– Não faça isso! Ela no momento tem dono e só pode ser tocada por ele.

– Exatamente! O que fazem na minha caverna?

Os três levam um grande susto quando um vulto os encontra por trás, pegando-os de surpresa. Krog era um demônio alto e gordo. Sua pele era verde-musgo, cheia de tatuagens e cicatrizes. Seus dentes estavam todos tortos e podres dentro da larga boca, que lembrava a de um sapo. A baba branca escorria de seus lábios. Além de um dos olhos estar costurado grosseiramente, ele possuía um cinto que era pendurado no ombro e cruzava seu peito indo parar na cintura, carregado de pequenas tralhas. Apesar da grande barriga, Krog parecia que já tinha sido algum lutador antes e que já havia estado em alguma batalha muito tempo atrás.

– Krog! – diz Rato se aproximando dele.

O demônio o olha de cima a baixo, tentando reconhecê-lo. Rato continua:

– Sua reputação o precede. Não nos conhecemos pessoalmente, mas sua coleção é famosa em todo o plano infernal!

– Quem são vocês e o que querem? – olha para o anjo com certo nojo – E o que este maldito faz aqui embaixo? Ele insulta cada molécula do meu corpo!

Tuna fica admirada e não se contém:

– Olha só! Um demônio com inteligência suficiente para saber o que é uma molécula!

Krog odeia sarcasmos. Ele se volta para ela, coloca uma das mãos por dentro da calça surrada que vestia e lambe os beiços dizendo:

– E esse piteuzinho? Já foi saboreada? Quer que Krog te dê um trato?

Tuna fica séria. Ela pensa que talvez não devesse ter subestimado o demônio. Retruca:

– Faça isso e ganhará uma nova cicatriz aí embaixo! Já estou cansada desse tipo de ameaça!

Rato intervém se colocando entre os dois. Sabia que Tuna tinha o pavio curto, característica que tanto admirava nela, mas também sabia que os demônios possuíam a mesma índole. Rato encara Krog com seriedade:

– Talvez um outro dia. Precisamos de uma de suas adagas emprestada.

Ele olha para a sua coleção na parede e depois para Rato com raiva. Rato, apesar de baixinho, não se intimida. Krog diz:

– Acha que vou entregar uma de minhas preciosidades para você? Quem pensa que é?

Rato o faz perceber seu brilho vermelho no olhar:

– Meu nome é Rato.

Krog fica estupefato e dá um passo para trás. Ele o olha desconfiado:

– Rato? Você não foi expulso do Inferno?

– Expulso do Inferno? Como alguém pode ser expulso do Inferno? – perguntou Tuna interessada.

– A guria gostosa não está sabendo? Se ficar comigo te conto tudo... mostro tudo que você quiser... – ameaçando tirar sua genitália para fora da esfarrapada vestimenta.

– Responda à pergunta! – gritou Tuna enquanto se colocava na frente de Rato que não estava gostando nada daquela conversa.

O grande "sapo" ficou impressionado com a determinação da mulher. E olhou preocupado para Rato.

Até então, San Romam estava encostado em uma das rochas que ali havia. As batalhas que sofrera até ali tinha esgotado todas as suas forças. Enquanto Krog conversava com os dois, ele estava tentando localizar na coleção a nodachi Alamak, roubada do Reino dos Céus. Eram centenas de espadas!

Krog sabia do que Rato era capaz. Conhecia sua força e reputação, apesar do nome e da aparência que possuía. Mas, ainda assim, começou a fazer algumas revelações que Rato não gostaria que viessem à tona.

Há muito tempo, perto do século XII ou XIII, existia um homem ruim na Terra. Um assassino cruel e sem piedade que matava apenas por pura diversão. O Inferno estava de olho nele. Assim que ele cruzasse os portões da morte, sem dúvida, iria direto para o Inferno.

– Por que não me lembro desta alma? Eu saberia disso – disse Tuna enquanto olhava para Rato.

Porque isso nunca aconteceu. Os Lordes o queriam para transformá-lo em um grande Ceifador. O maior deles. Conduziria todos os exércitos do Inferno até os portões do Reino dos Céus, quando o Armagedom começasse. Mas aconteceu algo que ninguém esperava. Um demônio inferior, um dos menores e mais fracos que existia no Inferno, fez uma atrocidade impensada. O nome dele? Rato, por ser minúsculo e ridículo. Por ser um demônio que acreditava na união dos Reinos ao invés da eminente e inevitável Guerra. Por ser um demônio que tinha mais bondade do que maldade dentro dele.

Nesse momento todos olhavam para Rato. Ele diz, ameaçando Krog:

– Por causa disso, sabe o que vou fazer com você?

Tuna o segura e diz:

– Pare! Eu quero ouvir o que ele tem a dizer!

Krog nota a fúria na voz de Rato e, calmamente, diz:

– Você não pode me ameaçar. Você quer uma de minhas adagas e só será possível se a minha magia permitir pegá-las. O campo energético que as envolve protege-as de ladrões como vocês!

Tuna se vira para ele e diz para continuar a história. Krog saboreia a curta vitória sobre Rato ao continuar revelando seus segredos.

Apesar de ser considerado minúsculo e ridículo, ele havia aprendido certas coisas com algum alquimista. Um tal de Espírito de Sangue que estava em peregrinação pelos Reinos na época. Fizeram uma barganha na qual ambos trocaram conhecimentos. Juntou as novas lições com o que já sabia e possuiu o corpo do assassino, de tal maneira, que a possessão fosse eterna. A alma do assassino ficou presa para sempre em seu corpo enquanto ele era controlado por Rato. E ele fez isso pensando nas pessoas que estavam sofrendo nas mãos desse assassino. A possessão de um demônio em um humano de natureza cruel deveria ser gloriosa para os padrões do Inferno, gerando um ser de tamanha maldade, comparado apenas aos Grandes Lordes. Em vez disso, Rato se tornou o que é, até os dias de hoje.

– Mas como ele é tão poderoso assim? Ainda mais aqui embaixo... – Tuna queria saber mais.

Os Grandes Lordes não gostaram nada disso. Ainda assim, Lúcifer queria a alma do assassino e fez uma proposta a Rato para que ele se tornasse um Ceifador. Rato, lógico, aceitou. Lúcifer tinha esperanças de que a alma do assassino um dia tomaria o controle do corpo novamente. Ele transferiu parte de seu poder, processo pelo qual um demônio se torna um Ceifador, e quando ficou poderoso, Rato deu as costas a ele recusando a oferta. O Grande Lorde não podia acreditar: além de não conseguir o que queria, como a alma do assassino, não podia destruí-lo, uma vez que ele estava com a força de um Ceifador de almas. Fez a única coisa que podia: o expulsou do Inferno. Depois disso, ninguém ouviu falar mais dele. E Lúcifer, é claro, jamais fez algo parecido em toda a sua existência.

Tuna e San Romam olhavam para Rato, compreendendo agora o porquê de ele não ser totalmente cruel. E ainda assim, ele sempre está em constante conflito com o assassino dentro de si. Um demônio que deveria ser malévolo consegue aprisionar uma alma humana que deveria ser benévola. Uma grande ironia!

– A propósito – disse Krog – qual é a peça que vocês querem?

Tuna apontou na direção da adaga. Krog olhou surpreso. Ela perguntou:

– Como foi que a conseguiu?

O demônio pegou a adaga e tentou se recordar. De frente para a coleção e de costas para eles, explicou:

– Um desconhecido, sem rosto, me disse onde encontrá-la. Ele sabia que eu tinha uma coleção e me indicou o local exato onde conseguir de graça mais uma lâmina. Quando perguntei o porquê, ele havia desaparecido.

– Desconhecido. Sei. E onde a conseguiu?

– Foi em um antigo santuário abandonado. Aqui no Inferno mesmo. Estava fincada em um grande jazigo. Simplesmente a arranquei de lá e trouxe para a minha coleção.

– E como era esse jazigo? – perguntou Tuna, já deduzindo o que faria a seguir. Krog se vira para eles não entendendo:

– Havia várias escrituras entalhadas na pedra e um estranho símbolo na parte central.

Nesse momento, os olhos dos três personagens brilharam pela descoberta. Eles já haviam visto aquela descrição quando Espírito de Sangue lhes mostrou por meio de imagens no labirinto. A cena estava clara em suas mentes: o túmulo acima do solo revelava várias inscrições ao seu redor. Na tampa que cobria o jazigo estava o punhal cravado indicando o selamento final da sepultura da Criatura.

Todos imaginavam Krog retirando aquela adaga e despertando a fúria de um monstro há muito tempo adormecido. Tuna olha para

Krog e se lembra de todas as almas perdidas para a Criatura. A alma do pobre Guanishe não saía de sua cabeça. Com ódio profundo e reunindo forças, ela avança para o demônio tentando acertá-lo:

– Você é o culpado disso tudo!

Antes que Tuna pudesse atingi-lo, Krog aplica um potente soco nela, fazendo-a cair ao chão:

– Não sei do que você está falando! – diz Krog enquanto pega o corpo de Tuna caído no chão com as duas mãos.

Rato, em um movimento rápido, e para a surpresa de Romam, agarra o halo do anjo. Gritando de dor pela queimação daquela energia em sua mão, com um único golpe, ele atravessa o pescoço de Krog. O demônio não entende o que havia acontecido, até sua cabeça cair dos ombros. Tuna se livra de suas garras enquanto é atingida pelo sangue do monstro que jorrava do pescoço aberto. Rato solta a auréola e protege a mão ferida. O halo, rapidamente, retorna para a cabeça de Romam que continuava exausto no chão. Enquanto todos tentavam se recuperar daquela rápida ação, eles percebem que a magia de proteção das lâminas havia se rompido. Rato vai até o corpo de Krog e pega a adaga. Exatamente como Espírito de Sangue havia descrito nas imagens. Ela possuía uma lâmina vermelha, o cabo revestido com espinhos lembrando arame farpado e em sua extremidade havia o orifício da chave mestra.

O anjo vai até a coleção e recupera a nodachi, que finalmente havia encontrado. Assim que segurou a Alamak, se recorda do único treinamento que teve com ela e fica satisfeito, sabendo que iria cumprir a promessa feita a San See. Ele se aproxima de Rato, enquanto este observava a adaga, e pergunta:

– Como você conseguiu carregar o meu halo de energia? Qualquer demônio teria sido pulverizado na mesma hora...

– Então tenho a sorte de Krog não contar todos os meus segredos. Saiba que não sou o único a conseguir fazer isso! Isso quase me destruiu, mas valeu a pena – respondeu Rato com um sorriso maldoso, enquanto olhava para a mão queimada.

Tuna se recompõe. Parecia que havia acabado de sair de uma batalha sangrenta. Estava toda ferida e suja com sangue e terra. E, apesar de estar toda assim, Romam e Rato a olhavam, admirando sua beleza, cada um a seu modo. Tuna os olha em silêncio por alguns segundos, sabendo o que os dois estavam pensando ao olhar para ela. Quando ela ia dizer algo, um grande terremoto estava pondo um fim à caverna de Krog. Tuna gritou para eles:

– Já temos a adaga! Agora, como vamos sair daqui? A anomalia vai acabar com este lugar e não tenho mais forças para abrir um portal para a Terra!

Rato coloca a mão em seu ombro e diz:

– Aqui, neste lugar, eu posso te ajudar!

Uma energia vermelha envolve o braço dele e segue para o corpo de Tuna. Nela, a força se torna branca. Com a "recarga", ela abre um portal de fogo, se assustando com seu aspecto, pois nunca havia aberto uma passagem como aquela.

Desesperados para sair dali, com o teto da caverna ruindo, Rato, Tuna e Romam atravessam o portal, deixando aquele lugar quente e horrível para trás.

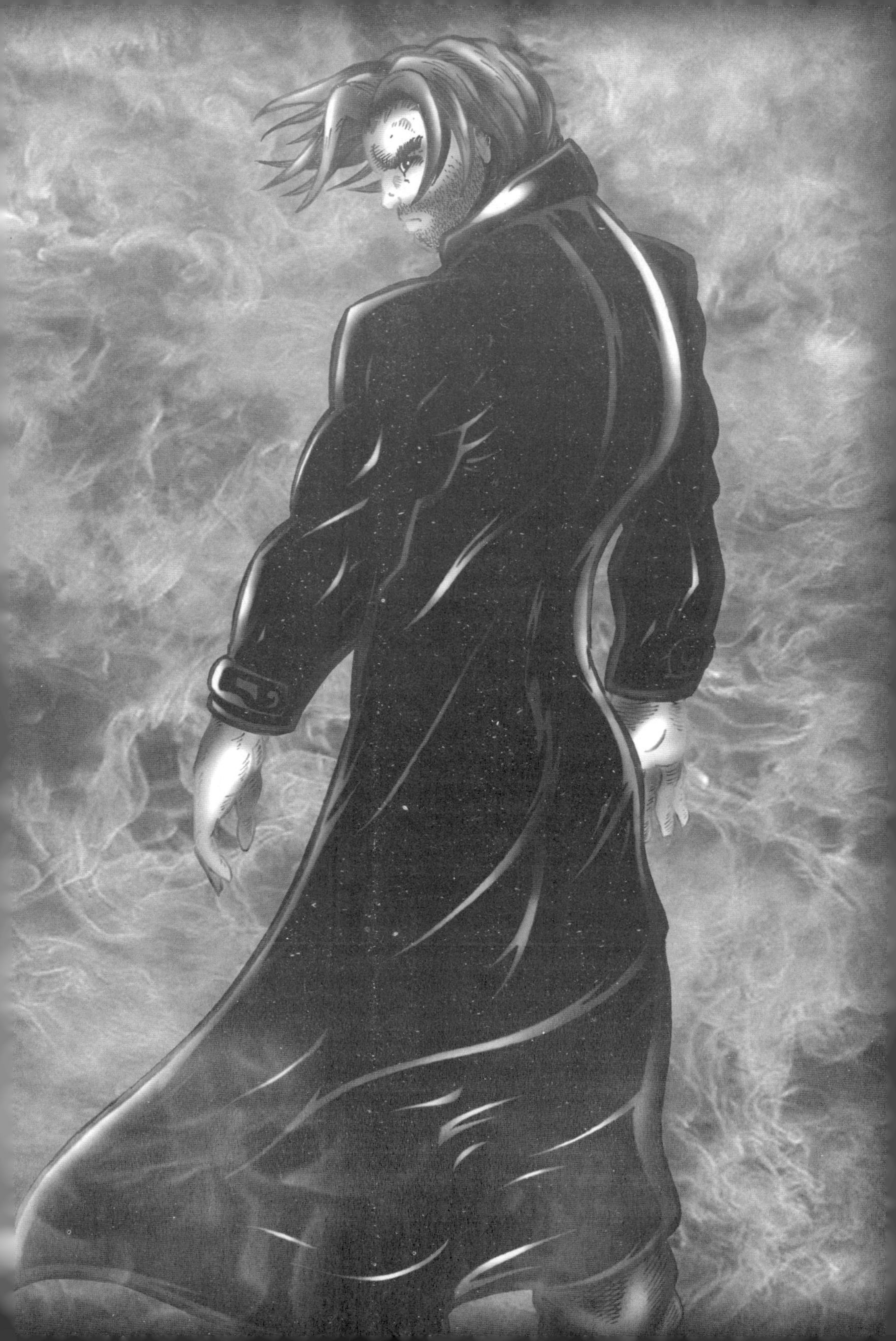

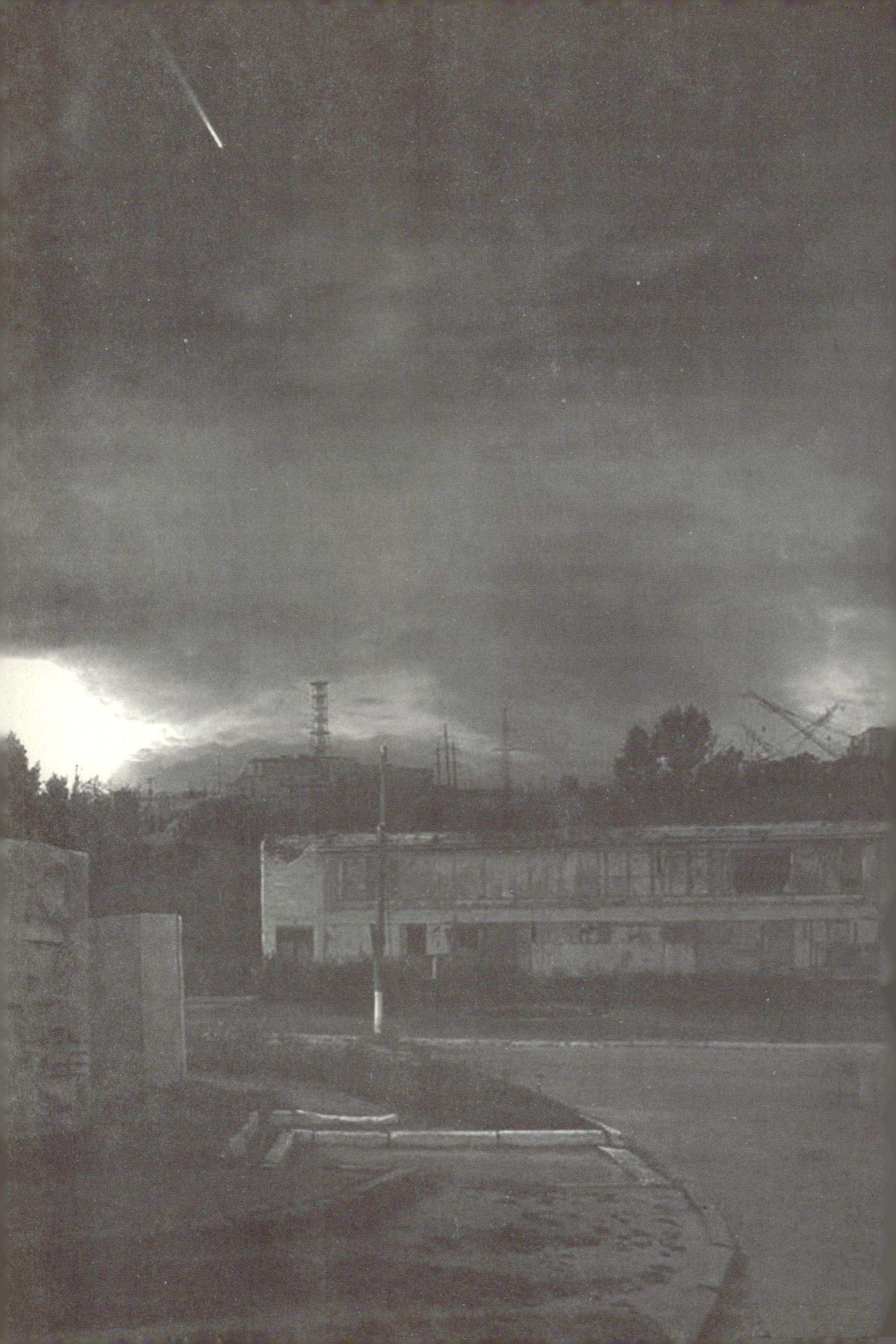

A Terra

O Fim do Céu

No Grande Palácio do Reino dos Céus, San See conta o que aconteceu com o trio no momento em que foram buscar o pergaminho. Os Arcanjos haviam comentado sobre a anomalia assim que San Miguel lhes contou da Tempestade. San See, tentando manter a aparente calma, apesar da situação crítica, comenta:

– A Tempestade já destruiu a Biblioteca Central. Logo chegará aqui. Devo admitir que não tive impressões otimistas acerca daqueles três. Eles pareciam não saber o que estavam fazendo.

San Miguel disse:

– Confio em meu discípulo. Ele fará tudo para ter sua missão cumprida.

– Gostaria de ter essa confiança...

– Se tivesse mais fé, San See, já teria sido um grande Serafim ao invés de um simples querubim.

San Gabriel falou no pensamento de todos:

– Se Deus quis confiar esta tarefa a Tuna, devemos confiar em seu julgamento. Se Ele quis que essa anomalia fosse desencadeada, não podemos fazer nada além do nosso propósito de servi-lo.

San See não tinha entendido:

– Como assim "se Ele quis"? Está me dizendo...

O velho anjo foi interrompido por um soldado que vinha voando em alta velocidade ao encontro de San Raphael. O soldado parou e pousou diante dele, em respeito, aguardando a permissão de falar, mostrando pela sua atitude que vinha com notícias urgentes. Raphael assentiu com a cabeça e todos puderam ouvir o que ele tinha a dizer:

– Altíssimo. Tenho informações que uma horda do Inferno está se dirigindo para o plano terrestre! – o anjo quase não conseguia transmitir aquela informação de tão ofegante que estava.

Todos na sala ficaram incrédulos e em silêncio. San Gabriel se levantou do trono e apenas olhou sério para o anjo-soldado. Vendo que os Serafins não estavam acreditando, o soldado confirmou com grande angústia em sua voz:

– *Os portões do Inferno foram abertos!*

Antes que San Gabriel pudesse pensar em alguma coisa, parte do salão foi destruída pela Tormenta. O barulho ensurdecedor e os ciclones que tomavam conta do recinto fizeram com que todos os presentes se protegessem dos destroços que voavam sem rumo. O fim era inevitável. O Grande Palácio era o último recanto do Céu que a Tormenta do Fim não havia destruído. San See fechou os olhos e pensou: "Que Deus a acompanhe, Tuna!" E, depois, só havia escuridão. Não tinha restado mais nada.

O INFERNO NA TERRA

Tuna foi a última a passar pelo portal de fogo. Assim que terminou a travessia, sentiu algo muito errado. Tentou fechar o portal, mas não conseguiu. Rato e Roman olhavam para ela e não entendiam o que estava acontecendo. Ela fazia um grande esforço para fechá-lo, mas tudo que conseguia era fazê-lo aumentar de tamanho. Como efeito colateral, uma grande ventania se criou, revelando a todos que um poder maior estava no controle. Rato, desconfiando do que era, gritou para ela:

– Tuna, feche logo esse maldito portal!

– Eu não consigo. Mesmo que tivesse forças para isso, alguma coisa dominou o poder do portal!

Cada vez mais a abertura de fogo aumentava de tamanho. Os três estavam no meio de alguma avenida no meio de uma cidade. Não havia pessoas. Os carros estavam abandonados e alguns estavam destruídos. A maioria das lojas ao redor estava saqueada. Alguns corpos espalhados pelo chão completavam o cenário caótico.

A ventania calorenta que o portal aberto trazia do Inferno invadiu a fria noite da cidade causando um choque térmico, não só pela temperatura, mas também com a fusão de dois planos existenciais totalmente diferentes entre si. Um rasgo violento no tecido da realidade ocasionando um fator nunca visto antes.

Quando o portal atingiu a altura de um prédio, um som de passos pesados se fez ouvir de dentro dele, apesar de o barulho da ventania atrapalhar um pouco. Tuna, Rato e Romam subiram no teto de um ônibus que ali estava parado e saíram do caminho do portal, pressentindo algo que estava por entrar no plano terrestre. Rato disse:

– Você deveria ter fechado esse portal. Agora é tarde demais.

Uma grande quantidade de demônios, nos mais variados tamanhos e formas, atravessou o portal em direção à cidade. Parecia uma gigantesca manada de demônios que havia sofrido algum tipo de estouro. Eles corriam a grandes velocidades, invadindo as ruas e avenidas, completando o clima de destruição. Tuna não podia acreditar que aquilo estava acontecendo. Fazendo novamente um grande esforço, ela tentou fechar a passagem. Sua tentativa foi em vão. Sentiu-se mais fraca do que antes, quando avistou um enorme monstro passando sobre os demônios menores, até pisando em alguns deles. Um monstro metade homem e metade bode. Beelzebuth. E, sentado em seu ombro, o pequeno Astaroth. Eles passaram ao lado dos três, caminhando pela avenida, mas não os notaram. Romam sabia o que estava acontecendo. Enquanto observava as hordas infernais avançando, ele diz:

– É o Apocalipse. Tal como foi descrito nas antigas escrituras enoquianas.

Um espectro de fogo passou velozmente pelo portal, voando sobre os exércitos infernais. Tuna disse em voz baixa, para si mesma:

– Lúcifer.

Foi o suficiente para ele ouvir e dar meia-volta, vindo encarar os três personagens. Ele se dirige a Tuna:

– Tuna! Obrigado por nos libertar! Sem você para abrir os portões do Inferno, não iríamos conseguir.

– Maldito!

– Ele nos enganou – disse Rato, já desconfiado.

– Percebe agora? – diz Lúcifer enquanto aponta orgulhoso para suas tropas. – Acha mesmo que eu a deixaria ir depois de me insultar lá no Inferno? Precisávamos de você para abrir a passagem até o plano terrestre. O meu Reino pode desaparecer, contanto que eu fique aqui na Terra para formar um novo Inferno! E, sem o Reino dos Céus para se opor a mim, nada poderá me impedir!

– Mas e a Criatura? Você era o desconhecido sem rosto que instigou Krog a roubar o punhal do Santuário? – perguntou Tuna temendo o pior.

– A Grande Besta? Ela pertence ao Inferno, sim, mas não precisei usar de nenhuma artimanha. Nunca falei com Krog. Devo lhe agradecer por libertar esta grande Criatura! Jamais tive conhecimento dela e nunca imaginei que algo saído do Inferno fosse capaz disso tudo!

– Ela é a Besta descrita na Bíblia, livro de Apocalipse – disse San Romam, se referindo ao Livro Sagrado.

Lúcifer acertou um grande golpe no anjo, fazendo-o cair entre os demônios que não paravam de atravessar o portal. O Grande Lorde diz a ele:

– Pode ter sido até Ele que libertou esta grande Besta! Mas isso não importa mais! Só sobrou você, anjinho! Seu Reino e sua maldita raça angelical foram completamente devastados!

Tuna e Rato iam ajudá-lo, quando um forte brilho iluminou as costas de Lúcifer. Um forte impacto fez com que o Espectro de Fogo atingisse o chão. No alto, eles conseguiram ver os três Serafins empunhando as respectivas nodachis celestiais. Eles também haviam ficado maiores, revelando agora três pares de asas cada um. Verdadeiros guerreiros supremos do Reino dos Céus. Lúcifer não acreditava naquilo e voou em direção aos seus irmãos, sabendo que sozinho era impossível derrotá-los. San Romam ficou surpreso ao vê-los:

– Altíssimos!

San Gabriel falou através de pensamentos em suas mentes:

– Antes de a Tormenta atingir o último recanto do Céu, o Todo-Poderoso nos transportou ao plano terrestre. Fomos avisados de último instante que o Inferno havia sido liberado. Sobramos apenas nós três. Somos tudo o que restou de toda a sua Legião!

Tuna se ajoelhou diante deles pedindo perdão, algo que ela nunca havia feito em toda a sua existência:

– Eu não sabia! Com o Limbo extinto, os Lordes se aproveitaram de minha fraqueza!

— Uma Deusa não precisa se ajoelhar. Faça o que tem que fazer! Cumpra o destino que o Todo-Poderoso colocou à sua frente! – disse San Gabriel.

Tuna se levantou e recuperou a compostura. San Raphael, que estava ao lado de Gabriel, olhou para Rato e se lembrou do que ele havia dito anteriormente. Disse a ele:

— De fato, como você falou. Em campo de batalha, lutando lado a lado!

Dizendo isso o Arcanjo Raphael, com San Miguel e San Gabriel, partiram para a batalha, buscando os três Lordes do Inferno.

San Romam conseguiu se livrar de alguns demônios, e avistou seu pai indo em direção à batalha. Juntou-se a Rato e Tuna. Os três puderam ver a grande batalha do Armagedom. Beelzebuth contra Raphael. Astaroth contra Miguel. Lúcifer contra San Gabriel. Com o exército celestial dizimado pela Tempestade, Tuna havia compreendido. Era ela que precisava restabelecer o equilíbrio, antes que aquela batalha terminasse! Caso contrário, o obscuro reinaria para todo o sempre no plano terrestre!

— Trindade contra trindade – disse Rato ao contemplar a batalha entre anjos e demônios. Tuna colocou a mão no ombro de Rato e a outra no ombro de San Romam, dizendo:

— E nós somos a Trindade que irá acabar com esse caos. Temos nossa própria missão! Vejam! – ela disse apontando na direção oposta à guerra.

Como se não bastasse, as hordas do Inferno povoando a Terra e a grande luta dos Lordes com os Arcanjos, os três puderam ver, pela primeira vez, o fator que havia causado toda aquela anarquia. A grande fumaça vermelha se projetava sobre os prédios tomando conta de tudo o que tocava. Era tão grande que se perdia além da vista, partindo qualquer fio de esperança em quem a contemplasse. Aparentemente, nada ou ninguém poderia destruí-la.

Exceto uma Deusa.

A ÚLTIMA PEÇA

San Romam aponta para uma loja de esquina antiga e toda quebrada:

– De acordo com o que Espírito de Sangue me disse, ele tinha deixado a chave em uma loja de antiguidades perto de onde encontraríamos a Criatura!

– Como ele poderia saber disso? – perguntou Rato.

– A Criatura deve ser atraída pelos artefatos místicos. Temos de encontrar a chave antes que ela chegue até nós – explicou Tuna.

Eles correm até lá passando por vários demônios pelo caminho. San Romam utilizou bem a nodachi Alamak, varrendo vários inimigos da sua frente, enquanto Tuna era auxiliada por Rato que projetava um campo energético ao redor deles. Chegaram à porta destruída da antiga loja e entraram. Assim que o fizeram, resolveram usar algumas ripas de madeira e algumas prateleiras velhas para tentar se proteger e bloquear a entrada. Conseguindo travar a porta, eles não queriam que nenhum demônio os incomodasse. O caos do lado de fora não poderia impedi-los de localizar a chave mestra. E, alheios àquele pequeno inconveniente, os demônios estavam mais interessados em semear a destruição no cenário, já caótico, da civilização humana.

Lá dentro estava escuro e muito bagunçado. O silêncio imperava. Várias prateleiras estavam no chão e diversas peças antigas estavam quebradas. Um balcão de atendimento estava virado, com vários buracos de bala em sua superfície, indicando que a loja havia sido alvo de alguns saqueadores. Puderam observar que vários objetos antigos e raros estavam ali. Vasos da dinastia Ming, relógios antigos, livros do século XIV, e outras coisas mais. Tuna olhou para aquela desordem toda e disse:

– Como vamos encontrá-la? É como procurar agulha no palheiro!

– Isso se estiver aqui – disse Rato desanimado.

Enquanto começaram a vasculhar os escombros, um vulto saiu por detrás do balcão surpreendendo a todos. Era um homem de meia-idade, assustado, apontando uma espingarda para os três. Ele gritou nervoso:

– Saiam daqui! Este lugar é meu!

Tuna, Rato e San Romam ficaram estáticos sem saber o que fazer. Tuna fica admirada, pois não imaginava encontrar alguém vivo diante do extermínio que a humanidade estava passando. Ela conhece todas as almas da Terra e sabe que ele apenas está amedrontado. Diz calmamente:

– Calma, senhor. Nós só estamos procurando algo que o senhor deva ter!

Ele engatilha a arma e ameaça:

– Malditos saqueadores!

Rato avança para ele mas, antes de chegar perto, recebe dois tiros no peito. Sem se abalar, Rato o pega pelo colarinho, enquanto seu peito jorrava sangue sobre o balcão. Um ferimento daqueles no plano terrestre jamais afetaria um demônio. O homem fica mais desesperado do que já estava, pois não acreditava que dois disparos de sua espingarda não derrubaram o pequeno homem. Ele se debate tentando se livrar de Rato, que o puxa por cima do balcão e diz:

– Onde está a chave?

O homem não entende o que ele está falando. Chave? Diante das circunstâncias, o caos que vem se abatendo sobre o planeta e aquele desconhecido está procurando uma chave? "O que estava acontecendo", ele se perguntava a todo instante.

Tuna contorna a situação:

– Não o machuque, Rato. Ele não tem culpa do que está acontecendo. Seu nome é Carl Reagan. Ele carrega vários pecados em sua alma, mas no momento a única coisa que está preenchendo sua mente é o instinto de sobrevivência.

Romam se aproxima de Rato e do homem. Diz:

– Há outros meios de fazê-lo falar, Rato. Não há necessidade de violência. Deixe comigo.

Rato o solta e Carl fica acuado de encontro ao balcão.

– Seja breve – disse Rato.

Romam se aproxima dele e o olha, no fundo de sua alma. Sua técnica de persuasão é usada para obter a informação desejada. Em sua mente ele implanta a imagem da chave tal como Espírito de Sangue havia mostrado no labirinto. Carl imediatamente a reconhece. Romam pergunta:

– Onde ela está?

Em transe, Carl aponta na direção de uma pequena vitrine de vidro toda suja e rachada:

– Na segunda prateleira...

Tuna passa por cima de vários escombros até chegar ao local indicado. De imediato não encontra, mas conseguiu achá-la caída no chão próximo a ela. Era uma chave pesada, considerando seu tamanho. Os entalhes que possuía é que a tornavam bela. Tinha o formato de um dragão, preso por uma argola de ouro. Havia algumas manchas vermelhas, própria do material, deixando-a mais interessante, revelando que não era feita com qualquer tipo de metal.

Tuna se aproxima deles mostrando a chave e, se dirigindo a Carl, diz:

– Ainda nos veremos novamente, Carl Demétrius Reagan.

Assustado, o pobre homem tenta se esconder debaixo de alguns escombros. Rato pega a chave das mãos de Tuna, sem pedir qualquer tipo de licença e a coloca no orifício do cabo do punhal. Nada acontece. Ele reclama:

– Ótimo! E agora? Isso vai funcionar?

Tuna solta o pergaminho da sua cintura e o segura ainda lacrado. Tira a adaga das mãos de Rato e retira a chave, devolvendo o punhal para ele. Pensativa, ela diz:

– É um quebra-cabeças.

Ela caminha para fora da loja, afastando os entulhos. Os dois a seguem, deixando o dono da loja para trás, sem saber o que estava acontecendo. Na rua, Tuna fica de frente para a Criatura que estava a algumas quadras de distância. O vendaval estava aumentando, mostrando o quanto a Criatura havia crescido. Muitos destroços passavam entre eles e o barulho era insuportável para os ouvidos mortais. Ela diz em voz alta para se fazer ouvir:

– Em sua forma espectral, essa Criatura é invencível. Temos que torná-la mortal primeiro!

E, rapidamente, ela abre o pergaminho quebrando o selo que o atava.

Tuna sabia ler as antigas inscrições. As runas marcadas com sangue naquele antigo papiro logo foram reconhecidas por ela. Dizia:

"Pela ordem do cosmos no sexto alinhamento temporal, esta manifestação de desejo do um só deverá ser inaugural quando seu instrumento for assim presenteado com as seguintes runas."

Ao dizer essas palavras, a Criatura notou a presença deles. Sentiu a energia que emanava das antigas palavras e sabia do que elas eram capazes. Imediatamente se dirigiu a eles pronta para atacar! Rato e San Romam ficaram em posição de defesa, enquanto ela se aproximava. Tuna continuou traduzindo o pergaminho, sabendo que o feitiço estava dando certo.

⸻ *(inscrição em caracteres rúnicos)* ⸻

"Pelas virtudes do céu e das estrelas, dos anjos e elementos, das pedras e ervas, das neves e tempestades, do vento e do trovão, obtenha agora o poder para o ato de transmutação da coisa com a qual estamos no momento preocupados! E isso sem decepção, mentira ou qualquer natureza ilusória desencadeada por fatores alheios!"

Nesta parte da leitura a Criatura ficou estática, parada no ar. Apesar de os ventos estarem se intensificando, a fumaça vermelha estava paralisada em razão do feitiço bem anunciado. Rato e Romam respiraram aliviados. Muitos raios prateados cobriam a fumaça vermelha que começava a ganhar uma estranha forma.

⸻ *(inscrição em caracteres rúnicos)* ⸻

"Que a adaga cumpra agora o destino a ti revelado e siga-o de maneira a não causar mais alarde!"

– Quanta demora, Tuna! Quando vamos ficar sabendo se funcionou ou não? – perguntou Rato impaciente.

– Já acabou! O processo não deve demorar mais que alguns segundos!

Rato pega o punhal e vai ao encontro da Criatura antes mesmo de ela terminar a transformação de sua forma física. Tuna grita:

– Não! Espere!

Mas Rato não a ouve. Ela segura a chave nas mãos e sabe que agora a adaga foi ativada pela energia das palavras do pergaminho.

A Criatura se contorce e rugi violentamente. Em meio à fumaça rubra, uma gigantesca pata com unhas pontiagudas pisa pesadamente no concreto do asfalto, causando rachaduras no meio da avenida. Ainda não se podia vê-la completamente, pois a fumaça ainda era bastante visível. Quando a monstruosa garra se revelou, Rato parou de correr em sua direção, achando melhor esperar o bicho terminar a transformação e poder ver o melhor jeito de atacá-la.

Uma segunda pata consegue se revelar através da fumaça. Um grande rugido se ouve pela primeira vez, revelando que a mutação estava completa. A ventania aos poucos foi varrendo aquela fumaça vermelha revelando um enorme dragão vermelho, com seis patas, uma cauda longa e, em sua cabeça, vários espinhos percorriam seu longo pescoço. Não havia olhos para demonstrar seus sentimentos. O que mais chamava atenção era que seu peitoral estava protegido com uma espécie de armadura dourada.

Novamente a Criatura rugiu chamando a atenção de todos. Inclusive dos que estavam batalhando, anjos ou demônios, há alguns quilômetros dali. Todos ficaram impressionados com o tamanho do Dragão.

***

Rato avança para o imponente Dragão e salta na tentativa de fincar a adaga em seu corpo. Mas antes que pudesse atingi-la, agilmente a Criatura percebe o perigo e faz um giro, chicoteando a sua cauda em alguns prédios, atingindo Rato no caminho, fazendo-o cair a vários metros de distância. Sentindo a força da Criatura, Rato espatifa-se contra um muro de uma pequena construção, que se desfaz em cima dele. Na mesma hora, ele perde a consciência.

San Romam e Tuna observam aturdidos de longe. O anjo faz menção que irá até ele, quando Tuna o impede dizendo:

– Não! A Criatura precisa ser morta do jeito certo! Caso contrário, não poderei julgá-la!

– Mas e a chave? Sabe como fazer? – ele pergunta, vendo que Tuna ainda a segurava. Estendendo a mão aberta com a chave sobre ela, Tuna, após ler o pergaminho, sabia o que fazer. Ela o tranquilizou enquanto fechava a mão segurando firme o objeto:

– Não se preocupe com isso! Distraia o Dragão que eu irei pegar a adaga!

Uma batalha épica entre San Romam e a Criatura tem início. Apesar de estar com as asas quebradas, o anjo faz um esforço celestial e as usa junto com o halo para atingir o monstro do alto, mas

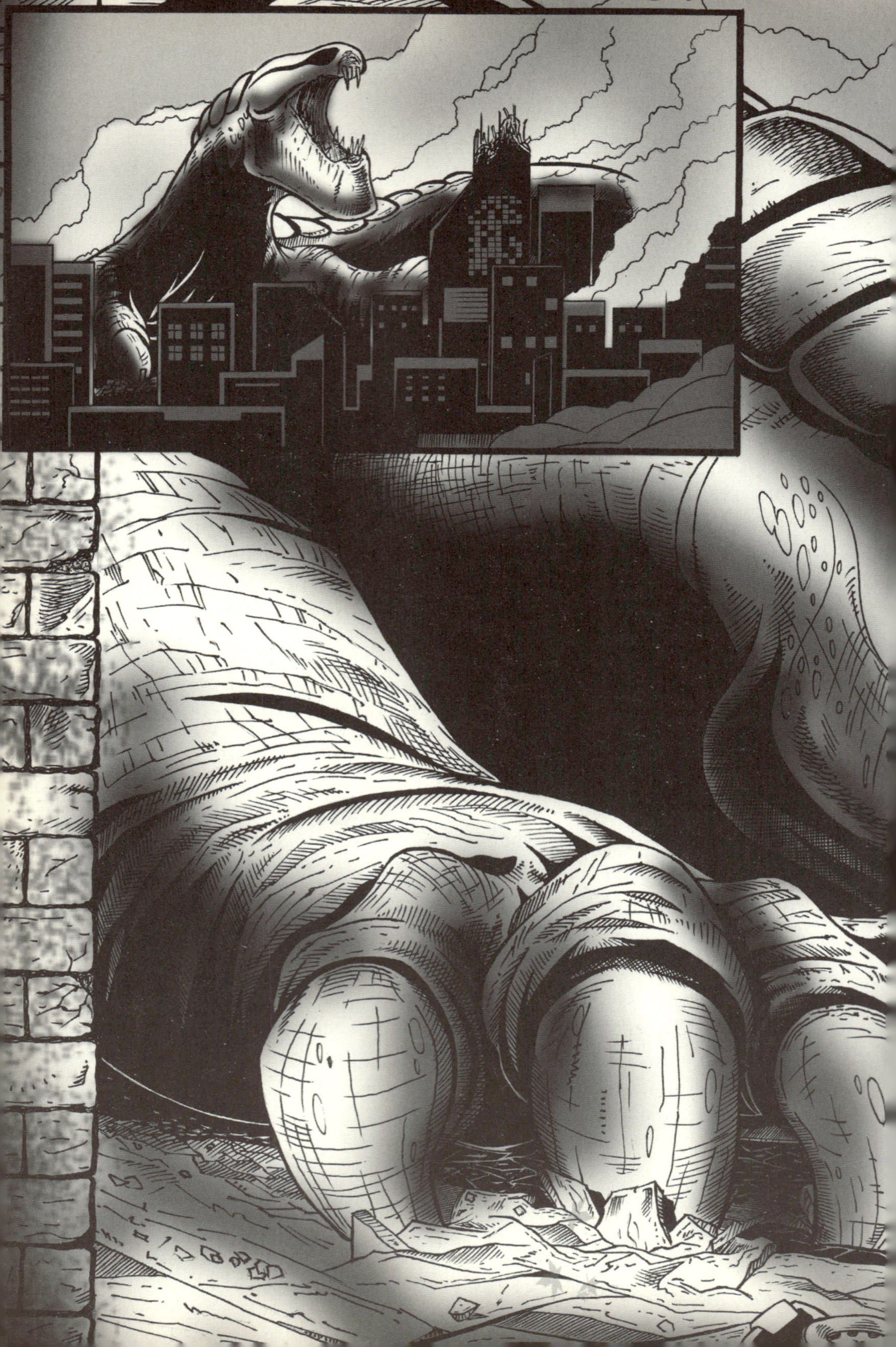

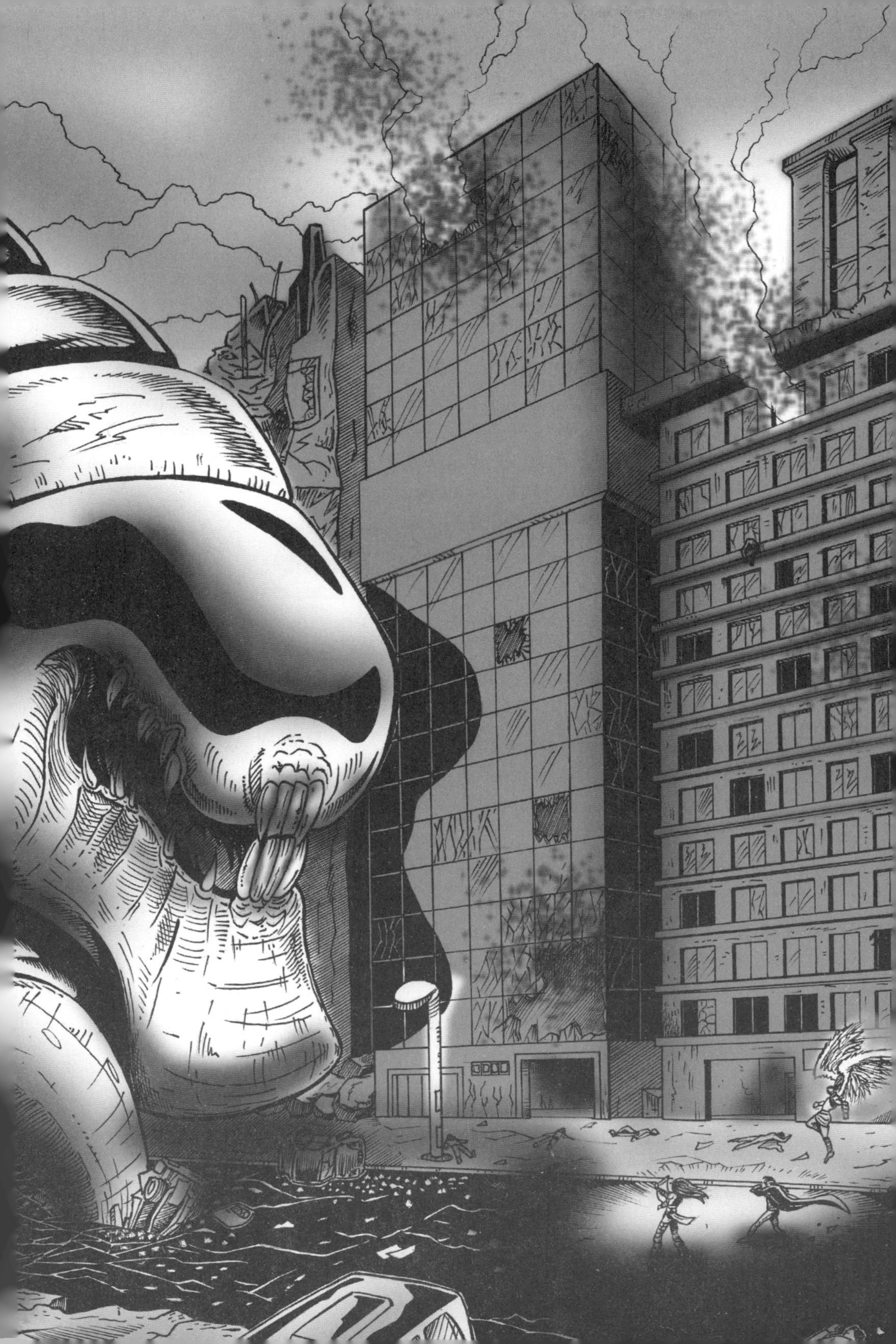

nada acontece com a Criatura que somente fica mais enfurecida. Arremessando seu poderoso halo energético, Romam apenas consegue alguns arranhões. Ao ser lançada para a Criatura, o anjo esperava que sua auréola fizesse mais do que simples cortes na carne dela, antes de voltar para o seu dono. Durante um novo mergulho ao encontro da fera, Romam desembainhou a Alamak e a acertou na base de seu pescoço, fazendo-a rugir de dor. Ele se pendurou na nodachi fincada na carne e com seu peso, deslizou com a arma, abrindo um enorme rasgo, de onde jorrou o sangue do Dragão. Ele só parou de descer pelo grosso couro da fera porque ela usava uma armadura de ouro em seu peitoral. E foi quando chegou a ela, a Criatura deu uma violenta patada mandando Romam para o chão.

***

Os Serafins que estavam lutando a algumas quadras dali mostravam a mesma agressividade que a Criatura possuía. Lutando contra os demônios, eles perceberam que a verdadeira guerra era com a Criatura. San Gabriel, notando esse importante detalhe, disse, em meio à luta, para o seu adversário:

– Lúcifer, nosso verdadeiro inimigo está lá! – disse apontando para o gigantesco monstro que estava lutando com Romam.

O maléfico ser, todo ferido e com sua chama quase apagando, disse orgulhoso:

– Tem razão! Aquele é seu verdadeiro inimigo! A Besta é a Criatura do Inferno catalisadora do Armagedom! Finalmente, hoje, depois de tantos milênios de espera, eu terei a soberania na Terra. A civilização como vocês a conhecem terá um fim esta noite!

– Não adianta argumentar. Apesar de sermos irmãos, tenho que resolver esse embate de uma vez por todas!

Lúcifer avança, pronto para mais um golpe, mas Gabriel percebe seus movimentos e que sua velocidade não era mais a mesma de antes quando começaram a lutar. O Espectro de Fogo havia tomado a forma humana para poder lutar fisicamente com o Arcanjo, depois de tantas tentativas de tentar atingi-lo com magia, embora o fogo seja sua principal arma. Ele havia exaurido a maior parte de suas chamas e quando se aproximou do Serafim, este se desviou com leveza, cortando sua cabeça com a fiel Hanarek.

Enquanto o corpo espectral do Diabo caía ao chão, com sua energia se dissipando, a cabeça dele cruzou o céu, por causa do golpe da espada, e passou entre a luta de Astaroth com San Miguel. Por um segundo, ambos pararam de duelar no ar para ver e perceber o resultado da luta de seus irmãos passando entre eles.

Essa pequena distração foi o suficiente para San Miguel fincar sua nodachi Achnock no coração do pequeno demônio. Astaroth havia deixado a forma inocente de garoto para lutar como uma força negra de aparência humanoide, porém sem detalhes definidos. Seus braços e suas pernas eram longos e sua agilidade havia aumentado. Ambos estavam sangrando e exaustos da batalha, mas mesmo com a espada trespassada em seu corpo, Astaroth aproveitou o dano da armadura do Arcanjo e, com muita força ainda, conseguiu rompê-la, agarrando seu coração, para a agonia de San Miguel. O Arcanjo mal podia acreditar naquilo e, girando sua espada, colocou um fim na vida do demônio. Em seguida, pousou no chão, se ajoelhou e olhou uma última vez para o céu. Tentando encontrar seu filho, San Romam, tudo que pode ver era o portal de fogo que continuava aberto entregando mais demônios para o plano terrestre. Deixou uma lágrima se misturar ao sangue no rosto e morreu.

San Raphael e Beelzebuth lutavam no chão, alheios às batalhas ao redor deles. Os dois estavam concentrados na luta. Beelzebuth continha uma força extraordinária e no meio do embate conseguiu partir Cuttbek ao meio, a arma de San Raphael. Seu corpo musculoso era impulsionado pelas poderosas patas animalescas. Apesar de desferir poderosos golpes, suas garras não chegavam a encostar em Raphael em virtude da agilidade do Arcanjo. Raphael sabia que se o demônio acertasse um de seus golpes, seria o fim dele. Com apenas esquivas, o Serafim tentava acertar alguns golpes no monstro, mas quando conseguia, não passavam de simples arranhões para ele. Cansado de lançar golpes pesados que só acertavam o vácuo, Beelzebuth se enfureceu:

– Cansei de brincar! Já está na hora de acabar com isso!

Gravando todos os movimentos de esquiva do anjo, o demônio conseguiu segurá-lo, não pelo corpo ou pelas suas asas, mas pela sua auréola! E antes que Raphael pudesse fazer alguma coisa para se proteger, o monstro segurou o seu halo com as duas mãos e, com força bruta, rompeu o elo de energia para o desespero do Arcanjo. San Raphael desapareceu junto com sua força vital, dando a vitória para o habitante do Inferno. Este, percebendo que aquela batalha já estava finalizada, olhou para Gabriel no alto e gritou:

– Você é o próximo, Maldito!

Gabriel, após derrotar Lúcifer, notou que o demônio Beelzebuth havia vencido Raphael. Imediatamente atendeu ao seu chamado e mergulhou em sua direção com a Hanareck pronta para ferroar sua vítima. Beelzebuth já estava esperando por esse movimento. Quando o Arcanjo se aproximou, aplicou um forte soco, ignorando a lâmina afiada que conseguiu cortar o braço do monstro que aplicava o golpe. Gabriel chocou-se violentamente com o chão. O grande demônio olha para o próprio ombro sem braço, como se fosse um leve arranhão, não dando muita importância, e caminha em direção ao corpo de Gabriel que tentava se levantar. Sem nenhum remorso, ele golpeia e pisa no anjo até transformar ossos em pedaços. Suas asas foram quebradas. Ele cuspia sangue. O casco da pata do bode terminava de transformar o rosto celeste em uma massa retorcida de carne. Antes de morrer, San Gabriel levou seus últimos pensamentos a San Romam que lutava com a Criatura, longe dali: "Você é o último de nossa espécie! Não O decepcione..."

Era o fim do maior Arcanjo que já existiu.

***

San Romam não sabia mais o que fazer. Além de não estar conseguindo voar com suas asas quebradas, seu halo de energia começou a enfraquecer e sua nodachi causou apenas um único corte no pescoço da Criatura, ele se deixou ser atacado e pisado ao chão pelas garras do Dragão. E sabendo que o maior dos Arcanjos havia sido eliminado, sua esperanças se extinguiram. Inutilmente tentava se libertar, mas sem sucesso. Podia sentir o hálito da Criatura pronta para dar o bote final. Foi nesse momento que apareceu Beelzebuth diante deles! Romam o olhou e sabia que havia encontrado seu destino. Não havia mais esperanças.

Foi quando viu que Beelzebuth se ajoelhara diante da Criatura na tentativa de reverenciá-la. Talvez ele não soubesse que o Dragão era uma criatura instintiva. Notando a presença do grande Lorde, ela o olhou por alguns segundos não entendendo o que o demônio queria dizer. Por alguns segundos a Criatura o observou, mas por fim decidiu abrir sua bocarra e liberar uma forte rajada de fogo branco, eliminando o monstruoso ser. Com toda a força que tinha, o Lorde do Inferno encontrou o fim com um único golpe da Besta. Um furor de energia luminosa para o qual o demônio não tinha proteções. Com o movimento dessa rajada, o Dragão se distraiu por um tempo e afrouxou a pata o suficiente para Romam se libertar. Ele se segurou nas escamas da Besta e a escalou agilmente, chegando a atingir novamente sua cabeça, o que a fez rugir ferozmente. Ela se agitou de forma instintiva tentando afastar aquela nova ameaça, destruindo prédios e causando mais destruição ao seu redor. Com sua poderosa cauda, varreu vários quarteirões, eliminando muitos demônios que estavam dispersos pela cidade.

Ainda sentindo a ameaça de San Romam, a Criatura rapidamente mudou de tática revelando suas garras como um felino. Mesmo na posição de defesa em que o anjo se encontrava, a Criatura não teve piedade. Com um único golpe, jogou-o longe causando graves arranhões, ferimentos fatais no corpo.

San Romam mal podia acreditar que aquilo estava acontecendo. Ele nunca imaginou que o Apocalipse seria daquele jeito e jamais iria se esquecer daquela guerra. As cicatrizes nunca o deixariam. Começou a se arrastar pelos escombros procurando um lugar para se esconder da grande fera e poder atacá-la de surpresa. Mas quando a Criatura percebeu que havia se livrado do anjo, ela novamente se voltou contra ele. O anjo não conseguia se levantar. Sentiu o fim chegando quando o Dragão cresceu sobre ele, mostrando sua imponência, pronto para o ataque final.

Rato estava afastando alguns tijolos que caíram sobre ele. Ainda atordoado pelo golpe que tinha recebido, meio tonto e tentando se levantar, conseguiu ver Tuna correndo em sua direção. Ele ainda segurava a adaga mística e, ao olhar para ela em sua mão, ficou com raiva, de tão pequeno objeto ser insignificante contra uma Criatura que tinha quilômetros de comprimento.

Tuna chegou até ele e tomou a adaga de sua mão, sem pedir licença, exatamente como ele havia feito com ela, instantes atrás. Rato reclama:

– Ei, o que pensa que está fazendo? – pergunta ainda atordoado.

– O que já deveria ter feito antes! – dizendo isso, ela coloca a chave no cabo do punhal.

Um brilho intenso toma conta da adaga, cegando momentaneamente Tuna e Rato. Ao longe, o mesmo brilho reflete na armadura da Criatura chamando sua atenção. Quando a luz diminui, Tuna sente o objeto mais pesado e, assim que seus olhos se acostumam com a claridade, percebe que estava segurando uma grande lâmina! A adaga havia se tornado uma mortífera espada. Sua lâmina continuava vermelha e seu cabo ainda pendia a chave usada para a transformação. "Uma espada forjada no calor do Inferno", pensou ela.

Antes de atacar, desferir o golpe final em San Romam, a Criatura deu mais importância à ameaça de Tuna. Rapidamente, largou o anjo e serpenteou em direção a ela. Com a proximidade iminente do monstro, Tuna, com a ajuda dos ventos, arremessou a espada.

Com sorte, ou destino, a lâmina cortou o ar com grande velocidade, atingindo a Criatura no pescoço, justamente onde Romam havia aberto o ferimento com a Alamak.

Rugindo de dor e desespero, a fera tomba ao chão e desliza até Tuna chegando a ficar apenas alguns metros dela. Agonizando, o monstro estava prestes a morrer. Apesar de o tamanho da espada ser totalmente insignificante perto do tamanho colossal do monstro, ela continha poderes místicos capazes de paralisar a Besta. A Deusa, de pé à sua frente, começou o ritual, o qual estava acostumado:

– Você veio até mim para ser julgada.

A Criatura se contorce, mas a espada fincada no pescoço a deixava muito enfraquecida, incapaz de fazer qualquer tipo de movimento. Rato e San Romam se aproximaram e observavam perplexos, como Tuna havia derrotado o animal. Imponente pelo tamanho a se perder de vista, a Criatura jazia diante de Tuna, que com os braços levantados dizia:

– Vamos ver como foi sua existência.

Uma nuvem com imagens começa a se formar diante dela. As cenas mostram um antigo santuário. Um círculo de colunas se formava ao redor de um antigo jazigo. Na pedra que cobria a sepultura, várias inscrições indicavam o nome e o lugar do mortuário. E também havia uma inscrição enoquiana:

7⊦⁊ɛ⁊Ↄ⁄⁊⁊

O nome da Criatura estava bem visível ao seu alcance. A adaga mística estava cravada na pedra. O cenário continha um tom rubro indicando que o local pertencia ao Inferno. Agora as imagens mostravam o demônio Krog invadindo o solitário santuário e se aproximando do punhal fincado na pedra. Outra cena o revela arrancando o punhal, deixando uma pequena rachadura no túmulo. Assim que ele deixa o local, carregando o punhal furtado, uma minúscula fumaça vermelha começa a sair pela fenda na rocha. O túmulo, onde a Criatura permanecia adormecida, estava rompido. Não sendo um demônio exatamente, a fumaça estava livre para vagar entres os planos até ser atraída para o planeta Terra. A partir daí, as imagens apenas revelavam o que todos já sabiam, até culminar no ataque de Tuna com a espada mística.

A Deusa, satisfeita, continua o ritual:

– Agora sei de onde você vem. A inscrição de seu local de repouso e tudo de que precisava.

7⊦⁊ɛ⁊Ↄ⁄⁊⁊ ⁊ᴜ⁊⁊ɛ⁊ ᴜ⁊⁊ ᴙ⁊ɛɛ⁊ƅ⁊ ⁊⁊ ⁊ɛ ⁊⁊
⁊⁊ɛɛ⁊ᴙ⁊ ⁊⁄⁊ ⁊ ⁊⁊⁊ ⁊⁊ ⟨⁊⁊⁊⁊⁊ ⁊Ↄ⁊ɛ

"Ekarontes, aquele que carrega as almas, adormeça até o dia do Juízo Final."

Tuna movimenta os braços finalizando os sinais ritualísticos:
– Volte. O dia do Juízo Final não será hoje.

Dizendo isso, a chave no cabo da espada completa duas voltas em torno de si mesma, destravando o segredo e abrindo um portal ao lado da Criatura. Tuna olha para Rato e San Romam:
– É melhor vocês se segurarem!

À medida que o portal aumentava de tamanho, a ventania que já estava intensa, triplicando sua velocidade, sugando tudo para dentro dele. A Criatura, apesar de enfraquecida, rugiu fortemente temendo pelo que estava por vir. Ela fincou suas garras no concreto quando começou a ser sugada pela passagem. Tuna era a única que não era afetada pelos ventos. Começou a levitar e a pressentir algo que não sentia há muito tempo. Rato e San Romam se apoiaram de costas às ruínas de um prédio, para não serem sugados junto com a Besta. Alguns demônios inferiores foram desintegrados ao passarem pelo portal, revelando que aquela passagem era permitida apenas para Ekarontes. Por cima dos escombros, eles podiam ver o espetáculo, único no Universo.

No momento em que a Criatura passava pelo portal, mesmo ela tentando se prender ao chão, algo aconteceu. Milhares de esferas brancas saíram de seu corpo e voavam em direção a Tuna, que estava concentrada levitando no ar, como que em transe. Eram as almas de cada ser vivo que haviam sido consumidas por Ekarontes. Todas elas estavam sendo libertadas no momento em que a magia estava sendo atuada contra o gigantesco Dragão. Assim que os milhares de almas invadiram seu corpo, Tuna sente a corrente de energia. Seu corpo se contorce no ar. E ela grita.

Romam não tirava os olhos dela e, ouvindo seu desespero, diz:
– Ela não irá aguentar!
– Ela está fazendo o papel dela! – diz Rato friamente.

O furacão, causando muita destruição e ensurdecendo com seu assobio, fica mais intenso quando a Criatura termina de passar pelo portal. O caos era enorme. Com o poder da Criatura liberado, o cenário de destruição era realmente apocalíptico. Tuna, ainda gritando de dor, abre os olhos. Raios de luz começam a sair pelo seu corpo, revelando que a carne não suportaria tamanho poder. Rato e Romam agonizam de angústia ao verem o corpo dela se rompendo no ar com o brilho intenso que vinha de seu interior. Em menos de um segundo, a luz se intensifica cegando os dois, fazendo-os cerrar os olhos.

Cegos, tudo que puderam sentir depois foi uma estranha calmaria.

O Princípio

Aos poucos, a visão dos dois estava voltando ao normal. Rato, tateando o nada à sua frente, sem enxergar, disse:
– Não consigo ver nada, apenas um borrão branco.
O anjo, já acostumado com a claridade, tenta explicar:
– Mas é exatamente onde estamos: no nada.
Rato conseguiu encontrar o anjo após seus olhos terem se adaptado e pôde perceber à sua volta que estava em alguma espécie de vazio. O silêncio era opressor. Não havia paredes, chão, teto, céu, ou até mesmo um horizonte. A sensação de estar ali era estranha e, ao mesmo tempo, agradável. A temperatura estava tão equilibrada que era impossível sentir frio ou calor.
– Mas o que aconteceu? Que lugar é este? – perguntava Rato.
Um sinuoso vulto começou a se formar diante deles. Mesmo sendo algo desconhecido, eles sentiram uma profunda sensação de paz. Quando a materialização se completou, conseguiram identificar Tuna.
Rato e Romam ficaram surpresos e espantados ao vê-la. Tuna estava envolta com uma única túnica branca, tão pura, que chegava quase a ser transparente, mostrando seu belo corpo, deixando-os boquiabertos por alguns segundos. Ela emanava uma luminosidade incomun e uma fragrância agradável. Em suas costas, projetavam-se gigantescas asas brancas, bem maiores que as dos Arcanjos, já extintos. Apesar da aparência angelical, ela não tinha uma auréola energé-

tica sobre sua cabeça. Seu corpo não possuía nenhum tipo de marca ou ferimento, e sua pele estava bem clara, evidenciando apenas os cabelos e lábios em vermelho vivo, completando a sensual aparência.

San Romam foi o primeiro a conseguir dizer algo:

– Tuna...

Ela estendeu uma das mãos em forma de garra e com a palma para cima, mostrando três pequenas e cintilantes esferas que flutuavam ao seu comando. Eles olharam e não conseguiam entender o que aquilo significava. O que havia acontecido com a Criatura? E com a Terra? Quem teria vencido a guerra apocalíptica entre anjos e demônios? Onde estavam?

Ela os olhou e compreendeu suas dúvidas sem ao menos pronunciar qualquer tipo de palavra. Suavemente, com uma voz encantadora de Deusa, explica:

– Suas dúvidas serão respondidas. Ficaremos neste lugar por meia hora, assim está escrito no Livro Sagrado. Será o tempo necessário até que a Máquina do Destino se realinhe novamente com a Roda Temporal entrando em formação com a nova Trindade.

Mostrou novamente as pequenas esferas que flutuavam em sua mão e disse:

– Aqui é o princípio de tudo. *Fora do tempo e do espaço.* Isso aqui que vocês estão vendo são minúsculas sementes de onde tudo se dará origem novamente. Os Reinos foram extintos. Cabe a nós decidir o que fazer daqui por diante. Agora compreendo, pois passei pelo Seu teste.

– Que bom que você compreende! Pode começar contando o que aconteceu com aquela Criatura que tanto lutamos para tentar destruir! – disse Rato impaciente.

Tuna o tocou na testa e, na mesma hora, ele sentiu imensa sensação de paz dentro de si, fazendo-o relaxar por alguns instantes. Ela responde:

– A Criatura, Ekarontes, não pode ser destruída. Ela foi criada pelo próprio Deus único a fim de catalisar o Armagedom no fim dos dias. Ela vive em estado adormecido até chegar o dia em que sua atuação será necessária. E esse dia ainda chegará. Quando ela foi despertada, Deus queria testar minha força e sabedoria. Ele me escolheu para tentar impedir a pior ameaça que a humanidade já havia sofrido. O fim de tudo.

– Espere um momento – disse San Romam incrédulo – está me dizendo que foi Ele...

– O inimigo mais terrível é aquele que já foi nosso amigo, pois conhece as nossas fraquezas – disse Rato calmo e pensativo.

Tuna continuou:

– Você distorce os fatos, Rato, mas está perdoado, pois assim é a sua natureza. Realmente foi Deus que, usando uma forma *desconhecida e sem rosto*, usou Krog para que ele roubasse a adaga mística quebrando assim o lacre que mantinha Ekarontes adormecido.

San Romam não estava acreditando:

– Mas por que Ele fez isso? O Reino dos Céus foi completamente destruído! Nós não estávamos lhe agradando? O que fizemos de errado?

– A humanidade conseguiu desestabilizar o equilíbrio entre o Céu e o Inferno. Havia mais maldade no coração dos homens do que bondade. Ele decidiu que o Apocalipse se iniciaria, mas uma pequena parte Dele se opunha a essa decisão. Foi quando Ele passou essa responsabilidade a mim. Se eu falhasse, a humanidade sucumbiria e assim Ele encerraria o verdadeiro Livro Sagrado. Se eu conseguisse impedir Ekarontes, um novo ciclo se iniciaria. Uma nova Trindade. Os Reinos do Limbo, Céu e Inferno, passariam por uma reformulação. Romam, entenda que a decisão Dele já estava escrita. Eu só consegui adiar o desfecho final. Se a linha do destino seguisse o rumo que estava tendo, o Céu teria poucas chances contra o Inferno.

– Como você sabe disso tudo? – disse Rato com um pouco de inveja.

Tuna sorri para ele e entende seus sentimentos. Para espanto dos dois, ela aumenta de tamanho, mostrando seu poder e, ameaçadoramente, diz:

– Ele é o Alfa e o Ômega. O Senhor de tudo que vê e sente. *Eu sou Beta e Ômega, comparada a Ele! Eu caí nas Suas graças e foram-me concedidos grandes poderes. Agora sou o tudo e, ao mesmo tempo, o nada! Sou aquela que trará a nova ordem Universal. Todos os pensamentos, todos os sentimentos e desejos não são mais segredos para mim! Sou onipresente! Uma divindade que está acima do bem e do mal!*

Tuna diminui o seu tamanho, mostrando humildade:

— Sou aquela que ouvirá todas as preces da humanidade e farei o julgamento conforme a minha vontade. Saberei ouvir e saberei julgar. Assim como saberei libertar ou condenar.

San Romam estava fascinado. Sem cerimônias, ajoelhou-se diante dela. Rato demorou a compreender, mas acabou fazendo o mesmo. Tudo que ele conseguia pensar naquele momento, egoísta como era, foi no beijo dado por Ela quando ele a tinha salvado dos demônios. Tuna, sabendo de seus pensamentos, foi até ele. Ela pegou em sua mão e o fez levantar-se. Beijou-o intensamente. San Romam olhava aturdido, mas não ousava se levantar. O anjo sabia como se portar diante de uma divindade, assim como também sabia de suas consequências caso fosse discordado.

Tuna olha para Rato e esboça um simples e pequeno sorriso. Coloca a mão em seu peito, sobre seu coração, e lhe diz:

— Estarei sempre com você aqui. Mas saiba que não podemos ficar juntos do jeito que você está desejando.

Rato baixou os olhos. Ela o tocou levemente na testa. Uma leve luminosidade vermelha o envolveu, fazendo seus ferimentos se fecharem e toda a sujeira sair de seu corpo. Ganhou novos poderes que ainda desconhecia, aumentou seu tamanho e também aprendeu o sentido de grandes responsabilidades ainda a serem reveladas. Tuna estendeu a mão aberta e sobre ela flutuava uma das sementes que havia mostrado anteriormente. Ela diz:

— Estou lhe dando o novo Reino do Inferno. Você sabe o que fazer. Dei-lhe novos poderes para fermentar essa semente e governar esse plano. Seja um grande líder.

Rato abriu sua mão e assim que a pequena esfera o tocou, ele a fechou. Abrindo-a novamente, a esfera havia desaparecido. Tuna flutuou até San Romam que permanecia ajoelhado. Ela o levantou com as mãos e disse:

– Meu doce San Romam. Sempre leal e protetor. Considere sua promessa com San See cumprida. A Alamak agora é sua e junto com ela te dou o novo Reino dos Céus – disse Ela fazendo a pequena semente flutuar até as mãos abertas de San Romam. – Você agora é o Arcanjo, desejo há muito tempo planejado. Governe com humildade e sabedoria.

Tuna o beijou docemente. Com o toque de seus lábios, San Romam ganhou força e tamanho. Suas asas foram curadas e ganhou mais dois pares novos. Seu halo energético havia dobrado de diâmetro e a sua face havia se tornada pura e angelical como os verdadeiros Arcanjos devem ser.

Distanciando-se dos dois, Tuna olha-os com ternura e revelando a última semente, diz:

– Somos agora a nova Trindade. Eu plantarei um novo Limbo. Um novo começo. Juntos levaremos a humanidade e todos os outros seres conscientes ao caminho certo e justo.

– O que aconteceu com eles? – pergunta San Romam se referindo à civilização humana, levando seus pensamentos às mentes de Tuna e Rato. Sendo agora um Grande Arcanjo, sua comunicação era feita somente por telepatia.

Tuna demora alguns segundos para responder. Deixando uma lágrima escorrer pela sua face, diz:

– Ekarontes ficará sepultado por mil anos, assim está escrito no Livro Sagrado. Esse é o tempo que temos para conseguirmos salvar a civilização humana. Depois desse período, nem mesmo Eu poderei aplacar Sua ira. Os Reinos, agora antigos, foram apenas um aviso do que acontecerá se o quadro das grandes sociedades não se alterar.

Tuna olha para o infinito e completa:

– Fiz o plano terrestre voltar no tempo, antes de Ekarontes despertar. Os humanos nada saberão do que aconteceu. Continuarão a viver suas vidas como se nada os afetasse, totalmente alheios às decisões do sobrenatural.

– Então, temos muito trabalho a fazer! – disse Rato.

– E o faremos. Seja de um jeito ou de outro – disse Tuna enquanto era invadida por outra sensação. – Nosso tempo aqui está acabando. A Máquina do Destino já está novamente alinhada. Podemos reconstruir nossos lares. Vão em paz. Um dia nos veremos novamente!

Rato olhou para Tuna:

– Tenho certeza de que sim, pois serei sempre o seu diabinho que sussurra ao seu ouvido. E, um dia, cobrarei o desfecho daquele beijo.

Sem esperar resposta, ele se virou e começou a caminhar, desaparecendo no ambiente branco e vazio.

San Romam curvou-se levemente diante da Deusa:

– Não se preocupe com ele. Se precisar de mim, estarei sempre ao seu dispor. E a ajudarei quando for necessário. Mesmo que seja contra ele!

– Tenho certeza de que isso nunca acontecerá!

Romam abriu as seis asas, sentindo as novas energias, e alçou voo, desaparecendo no ar.

Tuna ficou sozinha por um tempo naquele vazio, pensativa. Como era maravilhosa a sensação de ter novos poderes e poder brevemente recomeçar seu trabalho de que tanto gostava. Ela escreveria um novo Livro do Limbo, apesar de o antigo ainda existir dentro daquela minúscula semente! Refazer seu lar, o grande deserto do Limbo, e retomar uma vida que quase havia sido perdida para sempre. Satisfeita com o desfecho, Ela olhou para a minúscula semente na sua mão e depositou toda a esperança de uma nova vida e um novo começo.

Abriu suas asas, energizou a pequena esfera, sorriu levemente e desapareceu.

Fim

"E foram dadas à mulher as duas asas da grande águia, para que voasse para o deserto, ao seu lugar, onde sustentara por um tempo, fora da vista da serpente."
Apocalipse, 12:14, do Livro Sagrado

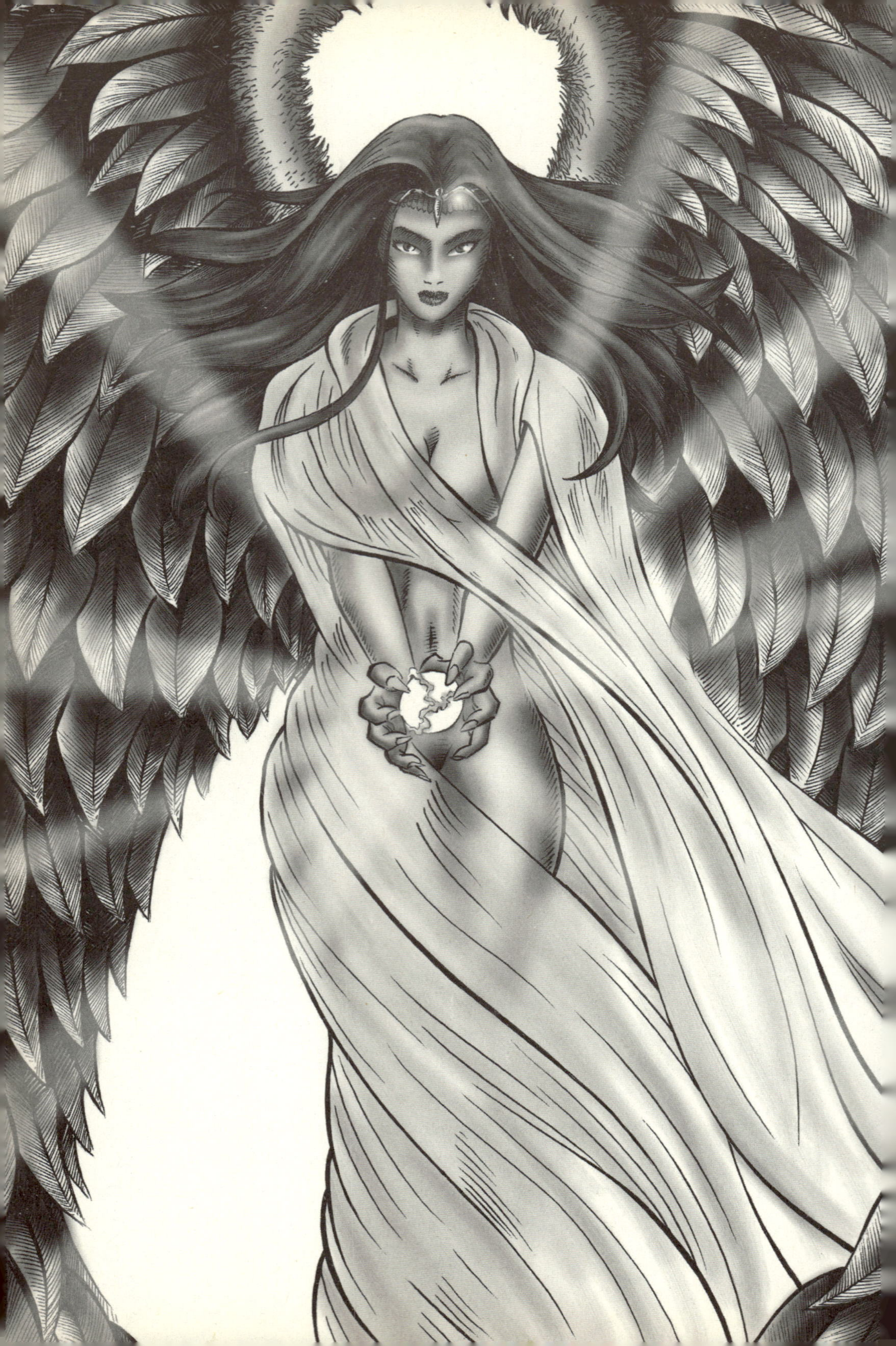

ALFABETO ENOQUIANO

Letra	Runa	Pronúncia
A		Um
B		Pa
C		Veh
D		Gal
E		Graph
F		Or
G		Ged
H		Na
I		Gon
J		Ged
K		Nek
L		Ur
M		Tal
N		Drux
O		Med
P		Mals
Q		Ger
R		Don
S		Fam
T		Gisg
U		Van
V		Van
X		Pal
W		Nek
Y		Nek
Z		Ceph

O Novo Ciclo

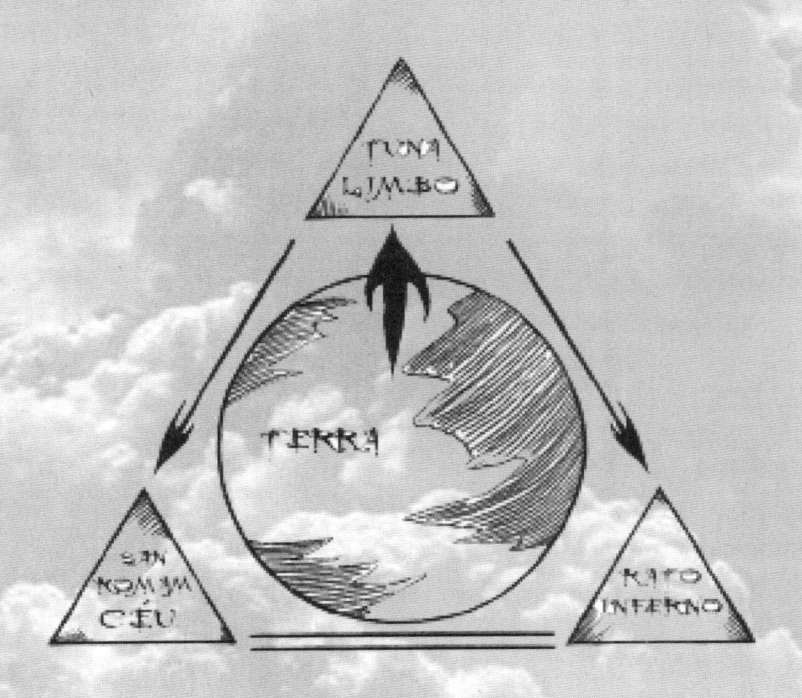

"O nascer de um simples anagrama representa constantes mudanças no ciclo, mas sempre permanecendo o fato inabalável de que a alma dos seres vivos estará sempre sendo cobiçada pelo oculto. Instabilidades ocorrerão, mas o equilíbrio sempre será restaurado."

Do Livro do Limbo

GLOSSÁRIO

Achnock: nodachi de San Miguel.

Alamak: nodachi destinada a San Romam.

Arcanjo ou Serafim: anjos mais próximos de Deus. Lideram os anjos guerreiros (ou Dominadores).

Ceifadores: comandantes dos exércitos do Inferno. Obedientes apenas aos três Lordes.

Cuttbek: nodachi de San Raphael.

Dominadores ou Anjos Guerreiros: lideram os exércitos do Reino dos Céus.

Ekarontes: nome dado à Criatura, cuja função é carregar e conter as almas.

Guanishe: raça de animais domésticos que auxiliavam os habitantes do extinto planeta Vermessa.

Halo ou Auréola: esfera de energia indicando a hierarquia do anjo ou sua força. Pode ser usado como uma potente arma.

Hanarek: nodachi de San Gabriel.

Irik: uma das sete nodachis, reservada a um futuro Serafim (ou Arcanjo).

Kratus: nodachi roubada e destruída por Lúcifer, nos tempos da Grande Guerra.

Livro do Limbo: livro que contém todos os registros de almas de todo o Universo que passaram ou passarão pelo Limbo.

Livro Sagrado: referência à Bíblia Sagrada.

Nodachi: espada celestial, cujo cabo tem o mesmo comprimento que a lâmina. Uma arma celeste.

Os Grandes Lordes: senhores supremos do Inferno.

Querubins ou Anjos: seres angelicais mais inferiores, geralmente são almas novatas.

Sepulth: uma das sete nodachis, reservada a um futuro Serafim (ou Arcanjo).

MADRAS® Editora

Para mais informações sobre a Madras Editora, sua história no mercado editorial e seu catálogo de títulos publicados:

Entre e cadastre-se no site:

www.madras.com.br

Para mensagens, parcerias, sugestões e dúvidas, mande-nos um e-mail:

marketing@madras.com.br

SAIBA MAIS

Saiba mais sobre nossos lançamentos, autores e eventos seguindo-nos no facebook e twitter:

@madrased

/madraseditora